魔力がないと勘当されましたが、王宮で聖女はじめます２

新山サホ

24123

角川ビーンズ文庫

Contents

【プロローグ】……… 7
【第一章】伯爵と魔具 ……… 13
【第二章】聖女の手助けをする人 ……… 48
【第三章】二人の距離は ……… 102
【第四章】十三年前の真相 ……… 151
【第五章】手鏡と婚約式 ……… 235
【エピローグ】……… 278
あとがき ……… 285

魔力がないと勘当されましたが、王宮で聖女はじめます
2
人物紹介
ユノ
魔法使いの名門
ベリスター家の長女。
勘当され、王宮で
侍女をしていたが、
聖女の力が認められる。
ディルク
奥の宮殿の主である
第三王子。
一時期は身分を隠して、
ユノの父の友人の家で
暮らしていた。

サウザン

若き伯爵。
信仰心が薄く、
礼拝には滅多にいかない。

エリアス

クルーガ侯爵の子息。
宮廷魔法使いとして
国王に仕えている。

ルーベン

大聖堂の若き司祭。
生真面目な性格で、
ディルクに振り回されがち。

キーラ

王宮・奥の宮殿のユノの
先輩侍女だったが、ユノ付き
の上級侍女となった。

本文イラスト／凪かすみ

【プロローグ】

礼拝日のため、大聖堂は王都に住む貴族や裕福《ゆうふく》な商人たちでにぎわっている。

礼拝堂の一番後ろの長椅子《ながいす》に座った彼は、側廊の壁《かべ》に描《えが》かれた絵を眺《なが》めていた。

いや、正確に言うと壁の前にいる女性――ユノをである。

金と青の縁取《ふちど》りがついたサテン地の白いドレスを身に着けたユノは、貴族たちに囲まれて困っているように見える。

（おとなしくて内気な性格と聞いたからな）

ユノ・ベリスターを百五十年ぶりに現れた「聖女」であると国王が認めたのは、つい先月のことだ。

王宮で行われた授与《じゅよ》式で聖女の称号《しょうごう》を与《あた》えられた。彼も侯爵《こうしゃく》子息として参列したのでよく知っている。

第三王子であるディルクとの婚約《こんやく》も近いという噂《うわさ》も聞く。普通《ふつう》はもっと誇《ほこ》らしげな顔で威張《いば》っていてもよさそうなものだ。

そんなユノに貴族たちは興味津々《きょうみしんしん》である。もっとも彼らはユノ本人に興味があるわけではなく、ユノを介《かい》して王族や大聖堂幹部とつながりを持ちたいだけだろうが。

そう思うと、ユノも取り囲んでいる貴族たちも滑稽《こっけい》に見える。

困惑《こんわく》しているように見えるユノは、彼らの真意に気づいているのか。

もし気づかずに内心嬉《うれ》しがっていたらさらに滑稽だ。

(まあ、どちらでも僕には関係ないが)

彼の目的は違《ちが》った。

ユノに媚《こび》を売るためではなく、品定めをするためにきたのだ。

(聖女が現れたと聞いたから、どれほどの女性かと期待していたが普通だな)

本当に魔具《まぐ》が持つ邪気《じゃき》を浄化《じょうか》できるのか。頼《たよ》りなさそうだし、特に人を魅了《みりょう》する何かがあるわけでもない。

大司祭も認めたと聞くが、何しろ聖女の存在自体が百五十年ぶりなのだ。疑わしく思うのは当然だろう。

「エリアス様、お待たせして申し訳ありません」

待ち合わせていたサウザン伯爵《はくしゃく》が隣《となり》に腰《こし》を下ろした。父親が急逝《きゅうせい》し、数年前に二十代半ばで爵位を継《つ》いだばかりの若き伯爵である。背が低く、ずんぐりとした体型をしている。

「お恥《は》ずかしいですが昔から信心深くなく、どうも大聖堂は苦手です」

サウザンが頭を掻《か》いた。

壁際《かべぎわ》には、先ほどからこちらにチラチラと視線を寄越《よこ》す令嬢《れいじょう》たちの姿がある。サウザンが羨《うらや》ましそうな声を出した。

「彼女たちはエリアス様を見ているのですよ。手でも振《ふ》ってあげたらいかがです？」

「結構です」

「相変わらずそういうことに興味がないのですね。エリアス様はクルーガ侯爵のご子息で、多大な魔力を持つ魔法使いであられる。さらにその整った顔立ち。数えきれないほどの縁《えん》談《だん》の打診《だしん》を、会う前に全《すべ》て断られているのでしょう？　これをもったいないと言わずしてなんと言いますか！」

「あいにく僕には過ぎたお話でしたので」

何度も繰《く》り返してきた断り文句だ。寝《ね》ぼけていても空で言える。

サウザンが呆《あき》れの混じった息を吐《は》いた。

「あなたが少し微笑《ほほえ》むだけで、彼女たちは喜んでついてくるというのに」

「それより例のものは？」

途端《とたん》にサウザンの顔色が変わった。

鞄《かばん》から、口を紐《ひも》でぐるぐる巻きに縛《しば》った革袋《かわぶくろ》を取り出した。いかにも怪《あや》しげな代物《しろもの》だ。

それを注意深く、長椅子のエリアスとの間に置いた。

(警戒《けいかい》しているな。いや、怯《おび》えているのか)

当然だとは思ったがサウザンがあまりにも革袋を開けるのを躊躇《ちゅうちょ》しているので、代わりにエリアスがさっさと紐を解いて中身を出した。

サウザンが青ざめた。

「失礼ながら、もう少し注意深く扱《あつか》われたほうがよろしいかと思います。なんといってもこれは――！」

「『魔具』ですね」

革袋に入っていたのはタイである。クラバットともいい、中流階級以上の男性が首元に巻く装飾品《そうしょく》だ。

これはシルク地の上等なもので、胸部に垂らす布の部分に高価な銀糸の刺繍《ししゅう》が入っていた。

「そうでした。魔具……と呼ぶのだと、エリアス様に教えていただいて初めて知りました。悪魔に魅入《みい》られた悪しき魔力を持つ物、でしたよね？」

「その通りです」

「それで納得《なっとく》がいきました。このタイは分厚い革袋に入れて何重に紐で縛っておいても、違う部屋に鍵《かぎ》をかけて使用人に見張らせておいても、私が夜中に目が覚めるとなぜか目の前にあるのです。しかも宙に浮《う》いてひらひらと不気味に舞《ま》っているのですよ……。これは悪魔の所業に違いありません！」

「伯爵、少し声を落としてもらえませんか。他《ほか》の者に聞かれると困ります」

「申し訳ありません。つい興奮してしまって……」

　エリアスは壁際で囲まれているユノの様子を素早《すばや》く確認《かくにん》した。万が一聞こえていたら面《めん》倒《どう》くさいことになる。

　だが人も多くざわついていることもあり、ユノが気づいた気配はない。

　早く済ませてしまおう。エリアスはサウザンに言った。

「あそこにいるのが聖女ですよ。ユノ・ベリスター」

「あの方が！　百五十年ぶりに現れたと耳にしました」

「彼女にこれを預けるといいですよ。魔具が持つ邪気を浄化できるのが聖女の特殊《とくしゅ》魔法ですから。ああ、大聖堂経由で頼《たの》んだほうが自然ですのでそうされたほうがいいでしょう。それと――」

　大事なことなので、サウザンの目を見て続けた。

「ここで僕が教えたことは内緒《ないしょ》にしておいてください」

　気《け》圧《お》されたようにサウザンが大きく頷《うなず》いた。

　冷たい美貌《びぼう》と評されることにエリアス自身は抵抗《ていこう》があるが、こういう時は便利だ。

（さて、聖女ユノのお手並み拝見といこうか）

　期待はしていないが。

立ち上がった瞬間《しゅんかん》、サウザンの不思議そうな声がした。

「エリアス様は聖女様についてとても詳《くわ》しいですね。私なんて魔具という言葉さえ知りませんでしたよ」

当然だ。自分以上に詳しい者などこの世に存在しない。

だが正直に答えるとさらに面倒なことになる。だから聞こえなかったふりをして、さっさと礼拝堂を出た。

【第一章】伯爵と魔具

吹《ふ》き抜《ぬ》けていく春の風が頰《ほお》に心地《ここち》いい。甘い花の匂《にお》いを含《ふく》んでいるからなおさらだ。

ユノはキーラと一緒《いっしょ》に、大聖堂から奥の宮殿《きゅうでん》へ戻《もど》っていた。

一歩進むたび、足の下でジャリジャリと音が鳴る。王族や貴族などが使う本通りではなく、見習い神官や宮殿の使用人たちが利用する砂利《じゃり》道《みち》だからだ。

「例の方々はいないわね。よかったね、ユノ」

「本当ですね。キーラさんの言った通り」

二人で笑い合う。

キーラはユノが聖女に就任したことで、ユノ付きの上級侍《じ》女《じょ》へと昇進《しょうしん》した。

今でも下級侍女だった時と同じように魔具部屋の掃除《そうじ》をしたいユノに、付き合ってくれる心強い味方である。

突然《とつぜん》、背後から猫《ねこ》なで声で呼び止められた。

「聖女様ではありませんか。こんな所でお目にかかれるなんて光栄です」

派手な上着を羽織った小柄《こがら》な男性が、愛想《あいそ》のいい笑みを浮かべて近づいてきた。

しまった。ここは使用人しか通らない裏道なのに、読みが甘かったようだ。

「私はマイルズ商会の会長を務めているケベックと申します。いやあ、聖女様のお噂《うわさ》はかねがね。我々《われわれ》商売人や貴族方はみな、聖女様にお会いしたいと申しておりますよ」

マイルズ商会といえば、貴族とも親交のある王都で一番大きな商会である。

ケベック自身も子爵《ししゃく》の位を持っているはずだ。

終始、如才《じょさい》ない笑みを浮かべるケベックに仕方なく微笑み返すが、ぎこちない笑みになっているのが自分でわかった。

授与《じゅよ》式以来、ユノの周囲は一変した。

魔力と邪気《じゃき》を併《あわ》せ持つ恐《おそ》ろしい魔具《まぐ》。それを浄化《じょうか》できるとわかり、国王から「聖女」の称号《しょうごう》を与《あた》えられた。

魔具は奥の宮殿にある魔具部屋に封印《ふういん》されている。魔具が持ち込まれるのは大抵《たいてい》、王都の貴族や裕福《ゆうふく》な商人たちを信徒に持つ大聖堂からだ。

そのため労働者階級の一般《いっぱん》民にはユノの存在はあまり知られていないが、上流や中流階級の者たちはユノに注目し会いたがっている。

(でもそれは魔具に興味があるんじゃなくて、国王陛下や大司祭様との縁《えん》を欲しがっているだけよね。それに第三王子であるディルクとも)

自分たちの地位向上のために。

元々、人前に出ることも目立つことも苦手である。ただ魔具の伝えたいことを知って浄化したいだけなのだ。

それなのに彼らが寄ってくる理由がこれでは、敬遠したいと思って当たり前だろう。

「聖女様、今度うちでガーデンパーティーを開きます。ぜひご招待させてください。商会の者や親交のある貴族の方々もお呼びするので、にぎやかで楽しいですよ。いつならご都合よろしいですか？」

揉《も》み手をせんばかりのケベックから、避《さ》けたいお誘《さそ》いがきた。

（断ること自体、苦手なのよね……）

しかもユノの都合に合わせて日時を決めるという、さらに断りづらいものだ。

「もちろん一日中とは言いません、ほんの短時間、顔を出していただくだけです。気取らないパーティーですから普段《ふだん》の格好で結構ですよ」

断る理由が次々とつぶされて焦《あせ》った。きっぱり断ればいいと頭ではわかっているのに、断ったら相手が困るだろうなとか、怒《おこ》ったら嫌《いや》だなと心で考えてしまう。

（それじゃ駄目《だめ》よ。嫌なことは断らないと）

以前、家族と離《はな》れられた時にそう決意したのだ。

「申し訳ありませんが、最近魔具のことで色々と忙《いそが》しくて……。お誘いは感謝いたしますが、今回はお断りさせていただきます」

「そんな！　国王陛下と懇意《こんい》にされている公爵家の当主や、大聖堂と縁のある侯爵《こうしゃく》もお呼びいたします。聖女様がお断りされたとなれば残念に思われるでしょう。どうかお願いいたします」

「いいえ、非常に申し訳ないのですが……」

「それに、ですよ？　万が一にもないかと思いますが、その方々がこられると知った上でお断りされたとなれば、皆《みな》さまの聖女様に対する心証も変わるかもしれませんね。いえ、万が一のお話ですが」

急に風向きが変わった。やり手の商人だからか、ユノの気弱な性格をいち早く見抜《みぬ》いたようだ。愛想のいい笑みの奥に、強気でいっても大丈夫《だいじょうぶ》だという舐《な》めた色が見えた。

悔《くや》しいけれど上手《うま》く言い返す術《すべ》がない。

それでも断るのだ。折れそうな自分を奮い立たせて、もう一度口を開いた。

「ユノ」

突然、背後からぐいと肩《かた》を抱《だ》かれた。

驚《おどろ》いて振《ふ》り返るとディルクだ。

ユノに微笑《ほほえ》み、そしてそれとは質の違《ちが》う笑顔をケベックに向ける。

「確かマイルズ商会の会長でしたね。初めまして」

「ディルク殿下《でんか》、お目にかかれて光栄です。僭越《せんえつ》ながら、聖女様をガーデンパーティーに

ご招待していたところです」

（あれ、ディルクは誘わないの？）

ケベックは王宮との縁が欲しいはずだ。それなのに丁寧《ていねい》なお辞儀《じぎ》をしただけで、一向に招待の言葉が出ない。

（……やっぱり前に聞いた話の通りなの？）

ズシリと心が重くなった。

大聖堂にお使いにいった時のこと。修道士たちの会話を偶然《ぐうぜん》聞いてしまったのだ。

『大司祭様が愚痴《ぐち》っておられたんだが、先日のフォーカス公爵主催《しゆさい》の舞踏《ぶとう》会にディルク殿下のお姿がなかったそうだ。こられなかったのではなく呼ばれなかったと』

『嘘《うそ》だろう？　王族はもちろん、末席の貴族まで招待されるというあの舞踏会に？　大司祭様だけでなくうちの助祭様も呼ばれたのに。――やはりあれか。陰《かげ》で呼ばれている半王族というやつか』

『そうだろうな。ディルク殿下は第一、第二王子殿下と違って側妃《そくひ》のお子だ。それだけならまだいいが、二番目の性悪《しようわる》側妃のせいで王宮を追われて色々あったからな。フォーカス公爵は正当な、というか真っ当な王族主義者だから気に入らないんだろう』

『ディルク殿下ご本人はあまり気にしておられないようだけど、俺もフォーカス公爵は苦手だな。前国王陛下のご親戚《しんせき》だけど、相手の身分や地位であからさまに態度を変えるし、金持ちの割に寄付も少ないし――』

（半王族……）

その言葉がことさら胸につかえた。ディルクは好きでそんな境遇《きょうぐう》に陥《おちい》ったわけではないのに、と悲しくなった。

ケベックはおそらく、そのフォーカス公爵の一派なのだろう。

ディルクが笑みを浮《う》かべてケベックに言う。

「申し訳ありませんが、聖女自身も言った通り毎日忙しいのです。魔具の管理という大事な役割を担《にな》っていますから、空いている日はおろか空き時間もありません」

「お忙しいのは承知しておりますが、ほんの少し顔を出していただければ――！」

「無理ですね」

ディルクがきっぱりと言い、今度は素っ気なく振り返った。

「ここは使用人しか通らない裏道です。きっと道に迷ったのですね。でないと聖女に無理《むり》強《じ》いするために待ち伏《ぶ》せしていた、という歓迎《かんげい》できない事態になってしまいますから。正しい通りまで部下に道案内させましょう」

「こちらです。どうぞ」

間髪《かんはつ》を容《い》れず、後ろに控《ひか》えていた部下がグイグイとケベックを押すように歩いていく。助かった。ユノは感謝してディルクを見上げた。

「どうもありがとうございます」

「聖女就任以来、ああいうのが多く湧《わ》くね。これから奥の宮殿《きゅうでん》へ戻《もど》るんだろう？　玄関《げんかん》ホールまで一緒《いっしょ》にいこう」

「でも——」

ディルクが国王に呼ばれているのを知っている。それでは回り道になってしまうではないか。

ためらうユノに、ディルクが構わず左手を出した。

「砂利《じゃり》道《みち》だから歩きづらいだろう。はい」

逡巡《しゅんじゅん》しながらもおずおずと手を重ねると、強い力で引っ張られた。ディルクが嬉《うれ》しそうに笑っている。

こういう気遣《きづか》いも恋人扱《こいびとあつか》いも照れくさいがとても嬉しい。

気づけば、察したキーラが早足で先へ進んでいた。

手をつないでゆっくりと歩きながら、ユノはディルクを見上げた。

「半王族」の言葉を思い出して胸が痛んだ。

舞踏会に呼ばれなかったことをディルクはどう思っているのだろう。修道士たちは気にしていないようだと言っていたが、実際にはわからない。

しかし性格上、気にしていたとしても決して口にしないだろう。指摘《してき》されるのも嫌がるはずだ。特にユノからは。けれど、

(こんなの嫌《いや》だわ)

強く思った。

自分がケベックのような人から舐められるのは構わない。聖女になったことすら、まだ信じられないくらいなのだから。

けれどディルクが軽く扱《あつか》われたり、馬鹿《ばか》にされるのは嫌だ。

これほど優《やさ》しくて素敵《すてき》な人はいない。先ほどもユノを助けてくれた——。

「これから魔具《まぐ》の依頼《いらい》人と会うんだろう？　大聖堂からの依頼と聞いたけど」

「えっ？　はっ、はい。ルーベン様が信徒の方からご相談された物が魔具ではないかとのことです。サウザン伯爵《はくしゃく》という方ですが知っていますか？」

慌《あわ》てて答えながら、もしサウザン伯爵がフォーカス公爵の一派だったらと不安になった。

チラリとディルクの様子を窺《うかが》ったが、特に表情も変わらず首を傾《かし》げただけだ。

「詳《くわ》しくは知らないな。父君が急逝《きゅうせい》し、若くして爵位を継《つ》いだとだけ聞いたよ。それより護衛の騎士《きし》はつけるけど、どんな危険な魔具かわからないから気をつけてね」

さらにユノの心配をしてくれる。

グッときて、慌てて微笑《ほほえ》んで言った。

「ルーベン様も一緒ですから大丈夫《だいじょうぶ》です」

「全く不安要素が消えないんだけど」

　顔をしかめたディルクに思わず笑っていた。

　ゆっくりと歩いていたのに、あっという間に玄関ホールへ着いてしまった。

「どうもありがとうございました」

　名残惜《なごりお》しいなと思いつつ手を離《はな》すと、突然《とつぜん》体を抱《だ》きかかえられた。

　ゆっくりと玄関ホールの奥に下ろされる。

「段差があったから」

　驚《おどろ》くユノにディルクが言うが、たった一段、しかもほんのわずかな段差である。そのままユノの髪《かみ》を撫《な》でて額にキスをした。

　より名残惜しいと思っているのはディルクのほうだったらしい。

「婚約《こんやく》式の立会人は大司祭に頼《たの》んでおいたよ」

　ディルクがユノの薬指に輝《かがや》く金の指輪を見ながら言った。

（婚約式……）

　これを受け取ったことが婚約の証《あかし》と簡単に考えていたけれど、本来は立会人の許《もと》で婚約式を行うのだと最近知った。

「大勢の招待客を呼んで大々的に、ではなく内々で行うことにするよ。俺もそうだけど、ユノも知っている人たちだけのほうがいいと思って」

人見知りゆえ、いつもなら大賛成するところだ。けれど今は胸を刺《さ》すものがあった。ディルクをよく思わないフォーカス公爵の一派は多いのだろうか。

これまで魔具の件で会った貴族たちからはそんな感じは受けなかったが、式を内々で行うのはユノへの思いやりの他《ほか》にそういった事情も含《ふく》まれているのか。そうだとしたら悲し過ぎる。

黙《だま》ったまま考え込むユノに、ディルクがけげんそうな視線を寄越《よこ》した。

ハッとして、

「そうしましょう。お優しい大司祭様なら安心です」

「よかった」

ディルクが笑い、離れがたそうに何度も振《ふ》り返りながら玄関を出ていく。

姿が見えなくなるまで見送りながら、ディルクのために何ができるだろうと考えた。

(半王族だなんてひどい言葉を聞かせたくない)

たとえディルクが気にしていなかったとしても、発する人がいる限りその言葉はなくならない。

(……私が聖女としてもっと名を上げられたら、そんな言葉はなくなるかしら？)

そうかもしれない。婚約者が聖女の功績を挙げれば、きっとディルクの名声につながるはずだ。

(よおし)

決意して大きく頷《うなず》き、ユノは中へ駆《か》け出した。

一階の中庭に面した部屋が、ユノの公的な応接室である。掃《は》き出し窓《まど》を開けると爽《さわ》やかな緑の匂《にお》いが流れ込む。白を基調とした落ち着く室内だ。

ユノとルーベンはそこで、魔具の依頼人であるサウザン伯爵と向かい合っていた。

サウザンは背が低く小太りで、お世辞にもかっこいいとは言えない顔立ちだが、つぶらな目が愛嬌《あいきょう》を添《そ》えている。

しかし今はその目が落ち着きなく動き、ソファーに座る両足が怯《おび》えからか小刻みに揺《ゆ》れていた。

(警戒《けいかい》されているわ。よほど怖《こわ》い目に遭《あ》われたのね)

同情するユノの前で、キーラがテーブルにお茶の入ったカップを並べた。

ディルクが寄越したベテランの護衛騎士が扉《とびら》の前で見守る中、ユノはテーブルに置かれた革袋《かわぶくろ》を見下ろした。サウザンが持ってきたものである。

ですね？」

「大聖堂でもお聞きしましたが、この革袋の中身――タイが、夜中にひとりでに動くそう

（紐《ひも》でぐるぐる巻きに縛《しば》ってあるわ）

ルーベンの確認《かくにん》に、意を得たりというようにサウザンが身を乗り出した。

「そうなんです！　こうして厳重にしまっておいても、違《ちが》う部屋に鍵《かぎ》をかけておいても、私が夜中に目を覚ますとタイが顔の上でひらひらと浮《う》いているんです。毎晩のことで気味が悪くて……！」

人に大切にされたものの中には魔力を宿すものがあり、そこに長年溜《た》まった強い思いの「邪気《じゃき》」が加わると「魔具」となる。

「そのたびに捨ててしまおうとするのですが、それでもっと悪いことが起こったらと思うと怖《おそ》ろしくてできません。大聖堂へ預けようとも考えたのですが、お恥《は》ずかしいことに私は信仰心《しんこうしん》が薄《うす》く礼拝にも滅多《めった》に参りません。それで気が引けて、仕方なく手元に置いておくしかなく……」

ユノは魔具の記憶《きおく》の断片《だんぺん》を見て、邪気を浄化《じょうか》できる。聖女の特殊《とくしゅ》な魔法だ。

「大変な目に遭われましたね。まずそのタイを確認させていただいて構いませんか？」

ユノの言葉に、サウザンが青い顔で頷いた。

紐を外し、そっと袋《ふくろ》の口を開ける。

ピンと張り詰《つ》めた空気が流れた。

キーラはとっくに部屋の隅《すみ》にある棚《たな》の陰《かげ》に隠《かく》れている。ルーベンが警戒するように低い声を出した。

「気をつけろよ、ユノ」

「はい。――綺麗《きれい》なタイですね」

上質なシルク地のベージュのタイだ。見た目は一枚の長い布で、首元に二回ほど巻いて端《はし》を胸部に垂らす男性の装飾品《そうしょく》である。これはその部分に銀糸で蔦《つた》の刺繍《ししゅう》が入っていた。

しかし、

「――動かないな」

「――動きませんね」

てっきりサウザンの言葉通り宙に飛び出すかと思ったが、何も起こらない。まるで普通《ふつう》のタイのように、テーブルの上でピクリともしない。

「動くのは夜中だけです。昼間に動いたことはありません」

そして理不尽《りふじん》だと言いたげに頭を抱《かか》えた。

「どうしてこんな目に遭うんだ！　私は被害者《ひがいしゃ》なのに……」

聞き捨てならない言葉だ。

「被害者とはどういう意味ですか？　そういえばこの蔦の刺繍は、後から違う方の手で入れられたものですね」

触《さわ》っていた時に気がついた。タイの色とよく合っているので、てっきり最初から入っていたのかと思ったが違う。

タイ自体の縫製《ほうせい》は見事なものだが刺繍はやけに拙《つたな》い。裁縫《さいほう》が苦手な者の仕事だろう。

「どなたか女性からのプレゼントですか？」

タイは首元につけるため心臓に近いと言われる。昔は出征《しゅっせい》する愛《いと》しい男性に妻や恋人《こいびと》が贈《おく》った。そのため今でも男性にタイを贈るのは、近しい関係の女性が多い。

シルク地も銀糸も高価なものだ。それに下手ながら一生懸命《いっしょうけんめい》入れたであろう刺繍。よほど密接な関係の女性だろうと見当がついた。

(でもサウザン伯爵《はくしゃく》は自分が被害者だとおっしゃったわ)

「このタイは元婚約者からもらったものです」

「……元、ですか？」

「ええ。半年前に婚約を破棄《はき》しました。理由は彼女の浮気《うわき》です。あの女は、あろうことか幼馴染《おさななじみ》の男とずっと浮気をしていたんです！」

「それは……」

ひどい話だ。

「しかもその幼馴染の男は、私と違って背が高くて痩《や》せ型で美男子なんですよ！」

何と返していいかわからない。困るユノの横で、

「サウザン伯爵と真逆ですね」

と、ルーベンが真面目《まじめ》な顔で言い放った。

ギョッとするユノの後ろから、キーラが怒《おこ》ったように声を張り上げる。

「ルーベン様、ただでさえ傷心の伯爵に何てこと言うんですか⁉　いくら事実といえど、もう少し人の気持ちを考えてから発言したほうがいいですよ！」

「君も今、事実だと声を大にして言ったが？」

「あっ……」

遠い目をしているサウザンに、ユノは慌《あわ》てて言った。

「ひどい目に遭われたのですね。本当にお気の毒です」

「さすが聖女様はわかってくださるのですね……そうです、本当にひどい女でした！　子爵家の娘《むすめ》とは名ばかりの貧乏《びんぼう》人に、こちらから婚約《こんやく》を申し込んでやったんですよ。向こうの両親は大喜びでしたが、あの女はなぜか暗い顔つきでした。伯爵である私が選んでやったというのに失礼な話ですよ。そして浮気が発覚したんです！」

「はっ、はい……」

「私は外見はあまりよくありませんが、金も伯爵の位も持っています。対して浮気相手の男は、あの女と同じで子爵とは名ばかりの貧乏人です。見た目で生活はできません。世の

中、金です。それなのにあの女は、浮気がばれた時も泣いて謝るだけでした。謝って許されたら裁判も牢獄《ろうごく》も必要ありません！　そうでしょう？」

「はい……」

「しかもひたすら謝るだけだったあの女が、最後に私に何て言ったと思います？『幼馴染の彼は見た目だけではありません。中身も綺麗なのです。優《やさ》しくて正直で』と言い放ったんですよ！　とんでもない女でしょう!?」

怒《いか》り心頭というように唾《つば》を飛ばしながら訴《うった》える。

ユノはなぜか割り切れない思いを感じた。浮気した彼女が悪いのは事実だけれど、心からサウザンに同情もできないのだ。

(伯爵が彼女のことを悪く言っているから？)

元々、彼女はサウザンと出会う前から幼馴染の男性と恋仲だったのではないか。

家が貧乏ゆえ、金持ちのサウザンから婚約を申し込まれて両親のほうが舞《ま》い上がってしまった。しかし彼女は、本心ではその婚約が嫌《いや》だったのではないだろうか。

(──でも彼女が浮気したのは事実なのよね)

だからサウザンの怒りももっともだとは思う。

(これで合ってる？)

事実確認だけしておこうと、ユノは心の中でテーブルの上のタイに話しかけた。

しかし答えはない。

いつもはこの辺で脳裏《のうり》に見えてくる魔具《まぐ》の過去も、まだ何も見えない。

ルーベンの問うような視線に首を左右に振《ふ》ると、残念そうな顔が返ってきた。

その前で、サウザンが演説するように続ける。

「このタイはあの女からの、唯一《ゆいいつ》の贈り物です。浮気が発覚した時に捨てようとしたのですが、シルク地に少量ですが銀糸が入っていて割と高価なものです。さすがにもったいないと思い、手元に置いていたらこのありさまですよ。婚約破棄後も私を苦しめるなんて、さすがは身持ちが緩《ゆる》いあの女が選んだ物です」

当然だと疑わない笑《え》みを浮かべるサウザンに、憂鬱《ゆううつ》な気持ちになった。

裏切られて辛《つら》いのはわかるし当然だと思うけれど、言い方というものがあるのではないか。

「そんな折、聖女様の噂《うわさ》を聞いたのです。といっても私は聖女様と面識もないため、ある方に——いえ、とにかくこの気味悪いタイをお預けします。煮《に》るなり焼くなりお好きになさってください。それでは私は領民がさぼっていないか見回らないといけませんので、これで失礼いたします」

言いたいことを言って満足したのか、サウザンがさっさと部屋を出ていった。

周りを気にしないというか、自分本位な性格のようだ。

　ユノは毒気に当てられたように動けないでいたが、見送らないとと慌てて立ち上がった。それをルーベンがやる気に満ちた表情で制した。

「私がいこう。伯爵には信心の大切さをじっくりと説きたい。そのついでに見送りもしてこよう」

　サウザンが滅多《めった》に礼拝にいかないと言ったから、司祭の使命感に燃えているのだろう。ルーベンが出ていった瞬間《しゅんかん》、ユノは脱力《だつりょく》した。嵐《あらし》が通り過ぎたようだ。

　何とも言えない気持ちでテーブルの上のタイに視線を移すと、カップを片付けていたキーラの声がした。

「ねえユノ、あのサウザン伯爵ってどうなの？」

「えっ？」

「なんか妙《みょう》に偉《えら》そうだなと思って。最初は浮気されて可哀想《かわいそう》な方と思ったけど、話を聞いているとそうでもないのよね。そりゃ浮気した彼女が全面的に悪いわよ……でもねえ」

　キーラも同じように感じたのだと驚《おどろ》いた。

「私もそう思いました」

　思わず大きく頷《うなず》くと、

「ユノも？　やっぱり。普通はそうよね。ルーベン様はおそらく違《ちが》うんだろうけど」

　ハッ！　と鼻から強く息を吐《は》く。サウザンの前でルーベンから指摘《してき》された怒りが治まっていないらしい。

「それで魔具の過去だっけ？　聖女の魔力で見えたの？」

「それがまだ何も」

タイは沈黙《ちんもく》したままだ。

「昼間に動いたことはないと言っていたので、そのせいかもしれません。念のために、このタイを魔具部屋へ持っていきますね」

あそこなら部屋ごと封印《ふういん》魔法がかけられる。

「一人で大丈夫《だいじょうぶ》？　ルーベン様を待ったほうがいいんじゃない？」

「でもきっと戻《もど》るのは遅《おそ》いでしょうから」

今頃《いまごろ》、信仰心《しんこうしん》の大切さを切々と説いているのだろう。サウザンは他人の意見を鵜呑《うの》みにする性格ではないようだから長引きそうだ。

「それに護衛の騎士《きし》さんもいてくれますから」

扉《とびら》の前に立つ、にこりともしない屈強《くっきょう》な体つきの騎士を見て微笑《ほほえ》んだ。

「そう？　まあ魔具の邪気《じゃき》を感じられるのはユノだけだもの。心配ないわよね」

ユノはタイを元通り革袋《かわぶくろ》に納めて、騎士と一緒《いっしょ》に半地下へ下りた。

魔具部屋は廊下《ろうか》の突《つ》き当たりにある。

「ディルク様は普段《ふだん》、騎士団でどういった感じなんですか？」

ユノは聞いた。フォーカス公爵《こうしゃく》のことが頭にある。宮殿《きゅうでん》でのディルクは知っているが、騎士としての姿は知らない。

騎士がにこりともせず答える。

「いい上司ですよ。王族なのに偉ぶったところがなく、部下たちは慕《した》っております。特に中流階級や平民の騎士たちからの支持が厚いです」

「そうですか……」

中流階級や平民の部下はということは、貴族たちからはそうではないのか。

（理不尽《りふじん》だわ……）

ディルクは何も悪いことをしていないのに、生まれ育ちで差別されるなんて。

そのことをディルクはどう感じているのだろう。

その時だ。不意にシュルンとかすかな音が聞こえた。何だろうと視線を落とすと、革袋の口が開いている。

（確かに閉めていたのにどうして？）

動揺《どうよう》した瞬間、目の前に白く長い布が浮《う》いていた。タイだ。半地下の薄暗《うすぐら》い廊下だからベージュが白色に見えたのだ。

ひらひらと目の前を舞う様は、まるでこの世のものではないように思えた。

「どうなっているんだ⁉」

騎士が驚愕《きょうがく》した口調で剣《けん》を抜《ぬ》いた。

「待ってください、斬《き》らないで！」

騎士が斬りかかろうとするのを咄嗟《とっさ》に止めた。

タイは何かを訴えるように、上下左右にゆらゆらと動く。

（何を伝えたいの？）

目を見開いてユノとタイを見つめる騎士の前で、ユノは心の中でタイに聞いた。

脳裏に、突如《とつじょ》光景が浮かんだ。タイの過去だ。

（サウザン伯爵《はくしゃく》だわ。それと泣いているのは元婚約者《こんやくしゃ》の彼女なの？）


立派な応接室の真ん中でサウザンが仁王立《におうだ》ちしている。首元にはこのタイがあるが、不《ふ》穏《おん》な雰囲気《ふんいき》だ。

サウザンの前には、長い髪《かみ》の女性が泣きながら床《ゆか》にはいつくばっていた。

『幼馴染《おさななじみ》の男と会っていたんだな？　そうだろう？』

『ごめんなさい。でも私、アレンを愛しています。うちは貧乏《びんぼう》だから、両親からあなたと婚約してくれと頭を下げられました。でも私は幼い頃《ころ》からずっとアレンのことが好きだったんです！』

（やっぱり、この方が元婚約者なんだわ）

胸がギュッと苦しくなった。

女性が許しを請《こ》うように、床に頭をすりつけて泣き続ける。

サウザンは唇《くちびる》を噛《か》みしめてそれを見下ろしている――。


「聖女様、どうされたのですか！」

騎士の声にハッと我《われ》に返った。

目の前にはタイがもの言いたげに、ひらひらと浮いている。

（これがタイの伝えたいことなのね）

やはり元婚約者の彼女は、サウザンと婚約する前から幼馴染のアレンが好きだったのだ。泣く泣くサウザンと婚約したが、アレンが忘れられなかった。

サウザンの悲しみはわかるし、他《ほか》の男性と会っていた彼女が悪い。けれどサウザンの言い方もあるのか、どうしても同情心が勝ってしまう。

タイはもしかしたら彼女の味方なのかもしれない。タイを贈《おく》られたのはサウザンだが、元々このタイを選んで刺繍《ししゅう》を入れたのは彼女だ。

好きな男性がいるのに他の人と婚約し、そのための贈り物を用意する。どんな思いで刺繍を入れたのだろう。

ユノはタイを見つめた。

「あなたは元婚約者さんの味方なの？　彼女は今どうしてるの？　ずっと好きだったアレンさんと一緒にいるの？」

サウザンと婚約破棄して二人の間の障害はなくなった。アレンと結ばれたのか。

突然《とつぜん》、タイがシュルシュルと風を切るような嫌《いや》な音を立てた。

ユノは息を呑《の》んだ。タイの動きが、これまでのひらひらと揺《ゆ》れるどこか頼《たよ》りないものとは違う。

戸惑《とまど》っていると、タイが素早《すばや》くユノの首に巻きついた。

突然のことに反応できない。そのまま首を絞《し》められた。

「——っ⁉」

「聖女様！」

顔色を変えた騎士が再び剣を振《ふ》り上げたが、糸が切れた操《あやつ》り人形のように突如彼の動きが止まった。

「なんだ……体が動かない……」

信じられないという顔で、剣を振り上げたまま固まっている。

(これも、このタイがしていることなの⁉)

驚愕したが、それでも何とかしないとと思った。けれど、

「うっ……！」

ユノの首を絞める力が強くなった。間一髪《かんいっぱつ》、首とタイの間に右手の指を引っかけられたものの息が苦しい。

必死に右手の指に力をこめ、左手でタイの裾《すそ》を引っ張って抗《あらが》った。

その時、タイからただよう邪気を感じた。そして愕然《がくぜん》とした。

(嘘《うそ》……さっきと全然違《ちが》うわ)

先ほどまでは微量《びりょう》なものだったのに、今はまるで別物のように強い。

(邪気の量が変化するなんてことあるの⁉)

そんなことが起こるなんて考えたこともなかった。自分は魔具《まぐ》についてまだ何も知らないのだと、改めて痛感した。

(ねえ……どうしてこんなことをするの？)

心の中で必死に呼びかけた。

(彼女が可哀想《かわいそう》だと言いたいんじゃないの？　お願いだからやめて。話を聞かせて！)

それでもタイの力は微塵《みじん》も緩《ゆる》まない。

息ができない。苦しくて涙《なみだ》がにじむ。

(ねえ、お願い……)

意識が飛びそうだ。

ぼやける視界の端《はし》で、護衛の騎士が恐怖《きょうふ》に顔を引きつらせながら体を動かそうともがいているのが映った。その甲斐《かい》あってか、徐々《じょじょ》に腕《うで》が上がっている。さすが手練《てだ》れの騎士と言いたいところだが、タイの魔力も強く、動く腕に血がにじみ始めた。

(駄目《だめ》よ、私が！　なんとかしないと！)

ハッとした。タイに頼《たの》んでいる場合ではない。自分は聖女なのだ。

ディルクのためにも功績を挙げたい。

何より聖女としてやっていくと、以前に自分自身で決めた。だから——。

タイを引っ張っていた左手をタイに向けた。首を絞める力が強くなったが、構わず左手のひらに力を集中させた。

「聖女様!?」

(魔具部屋の扉《とびら》を閉めて封印《ふういん》する、あの時の要領よ)

溜《た》めた魔力を一気に解き放つ。

瞬間《しゅんかん》、視界いっぱいに真っ白なまばゆい光が飛び散った。

「何だ!?」

騎士《きし》が驚愕の声を上げた。

抵抗《ていこう》するように暴れていたタイが、やがて動きを止めてスルリと床に落ちた。

（やったわ……）

「聖女様！」

その場にへたりこんでしまったユノの許《もと》へ、騎士が急いで駆《か》けつけ片膝《かたひざ》をついた。

（よかった。無事だったんだわ）

安心して微笑《ほほえ》みかけると、騎士の屈強《くっきょう》な顔がクシャリと歪《ゆが》んだ。

「大丈夫《だいじょうぶ》か！　何があった⁉」

「ユノ、怪我《けが》はない⁉」

ルーベンとキーラが血相を変えて走ってきた。

応接室のソファーに身を縮めて座るユノの首元を、キーラが真剣《しんけん》に覗《のぞ》き込む。

「首に痕《あと》は残ってないわね。お願いだから無茶《むちゃ》しないでよ」

「すみません……」

そこへ、急いでタイを魔具部屋へ封印しにいっていたルーベンが戻《もど》ってきた。

「元通り革袋《かわぶくろ》に入れて、魔具部屋の棚《たな》に置いてきた。今はピクリともしなかったが、首を絞めたとは恐《おそ》ろしい。早急《さっきゅう》に浄化《じょうか》したほうがいいな。それにタイの邪気《じゃき》が突然変化したと言ったな？」

「はい。途中《とちゅう》で突然強くなりました」

「そうか……そんな魔具もあるのだな」

ルーベンが口元に手を当てて考え込む。

ユノの首をさするキーラの前で、騎士が言った。

「気がつくとタイが宙に浮《う》いていて――聖女様から光が出て、タイが動かなくなりました。おかげで助かりました」

「そうですか……。ユノ、タイの過去は見えたのか？」

「はい。幼馴染《おさななじみ》のアレンさんと浮気《うわき》をした元婚約者《こんやくしゃ》が、サウザン伯爵《はくしゃく》に泣いて謝っていました。でも彼女はずっとアレンさんのことが好きだったと」

その言葉にキーラが反応した。

「じゃあやっぱりあのタイは彼女の味方なんじゃない？　浮気したのは彼女だけど、彼女だけが悪いんじゃないと言いたいとか？」

「私もそう思ってタイに告げたんですが……」

突然、首を絞められたのだ。

（違ったの？　やっぱり浮気した彼女が悪いと言いたいのかしら。だけどサウザン伯爵の言葉からも脳裏《のうり》に見えた光景からも、とてもそんな風に思えない――）

ああ、駄目だ。考えていてもわからない。

ユノは顔を上げた。

「元婚約者の方にお話を聞きたいのですが」

ルーベンがすぐに頷《うなず》く。

「そうしよう。彼女の素性《すじょう》はサウザン伯爵を玄関《げんかん》ホールまで見送った折、信心の大切さを説く合間に聞いた。言い渋《しぶ》っておられたが、最後には神の偉大《いだい》さを理解されたようで教えてくれたよ。バレリー子爵家の次女、ミシェルとのことだ」

神の偉大さを理解したのかは不明だが、見えた光景の中で、長い髪《かみ》を振り乱して床《ゆか》にはいつくばって泣いていた女性。あれがミシェルなのだ。

「ありがとうございます！」

これでタイの伝えたいことがわかる。ユノは感謝してルーベンに頭を下げた。


国王の宮殿《きゅうでん》の豪奢《ごうしゃ》な金の間で、一礼するディルクに国王が鷹揚《おうよう》に笑った。

「公的な場ではない。かしこまらなくてよい」

「ご用とは何でしょう？」

「聖女のことだが、どうだ？」

えらく抽象《ちゅうしょう》的な聞き方だ。

「よくやってくれていますが」

「そうか。お前を呼んだのは、実は提案があるからだ。魔具の浄化を手助けする者を聖女につけてはどうかと思ってな。たとえば魔法使いなど」

(なぜ、わざわざ?)

浄化魔法はユノにしか使えないため、どれほど有能な魔法使いだろうとユノの手助けにはならない。

そもそも手助けというならば、以前から魔具を封印していた大聖堂の司祭であるルーベンがいるではないか。

国王も知っているはずなのになぜこんなことを言い出すのか。

ディルクの疑問がわかったのか、国王がおもねるような笑みを浮かべた。

「もちろん聖女の魔法が特殊《とくしゅ》なものだとわかっている。だが何事もやってみないとわからないだろう。ユノはあまり意見を表に出さない性格のようだが、お前には心を許している。だからお前から聞いてもらいたいのだ」

なぜここまで気を遣《つか》うのか。ユノに命じればよいだけではないか。いぶかしさが募《つの》り、

(――ここらで聞いてみるか)

ディルクは以前からの疑問を国王にぶつけた。

「なぜユノに聖女の称号《しょうごう》と爵位をお与《あた》えになったのですか?」

「どういう意味だ？　婚約者になる者が地位と名誉《めいよ》を持っていたほうが喜ばしいだろう。もちろん親である私もそうだ」

　おおらかに笑う国王に、冷静に続けた。

「聞き方が悪かったようですね。前代の聖女は当時の国王から、なぜユノと同じくその称号と爵位を与えられたのか、とお聞きしたかったのです」

　国王の顔から笑みが消えた。探《さぐ》るようにディルクを見てくる。

　ディルクはまっすぐ見返した。

「聖女の浄化魔法は確かにすごい。唯一無二《ゆいいつむに》の魔法です。ですが陛下から直々に称号と爵位を与えられるのは、この国にとって非常に有益な人物である時だけです」

　授与《じゅよ》式の時はユノの家族の問題も解決し、長年の自分の想《おも》いが叶《かな》った喜びが先に立って疑問に思わなかった。

　疑問に思い始めたのはその後からだ。

　魔具《まぐ》が宿す邪気は確かに危険だ。それを浄化できる聖女はすごいと思うし、実際にそれで救われた人たちもいる。ディルクはそれを間近で見てきた。

しかしそれが国の益になるかといわれればそうでもない。どちらかといえば、個人の悩《なや》みや思い入れの解決に近い。

（だからこそ、前代の聖女はなぜそれらを与えられたんだ？）

聖女に関する文献《ぶんけん》はほとんど存在しない。大司祭が聞きかじりで知るのみだ。それはなぜか。

もし故意に隠《かく》されているのだとしたら——。

ディルクは国王を見据《みす》えた。

「前代の聖女は、国にとって非常に有益な存在だったんです。だからこそ平民の少女が聖女の称号を与えられて貴族にまでなった。それはなぜです？」

そもそも魔具となる物とならない物の差は何だ？

魔具とは持ち主から大切にされ、その思いが魔力を持ち、やがて邪気をも併《あわ》せるようになった物。それはわかる。

ではなぜ魔具となる物が限られている？　持ち主から大切にされた物など、この世に無数にあるだろう。

特に古い物が魔具となるわけでもない。その差は一体どこにあるのだ。

鋭《するど》く見つめてくる国王を見返す。場の雰囲気《ふんいき》が緊張感《きんちょうかん》を増した。

(こんな疑問、ユノにはとても言えない)

魔法が使えないとユノがひどく悩み、思い詰《つ》めていたことをよく知っている。

やっと浄化魔法が使えるとわかったのだ。聖女の役目を頑張《がんば》り、人が恐れる魔具にまで優《やさ》しいユノにとてもこんなことは口に出せない。

だからまず、ディルクが自分で答えを突《つ》き止める――。

決して引かない目をしていたのだろう。やがて国王が諦《あきら》めたような笑《え》みを浮かべた。

「ユノには前代聖女と同じ扱《あつか》いをしたまでだ。当時の国王が何を思って前代聖女に称号と爵位を与えたか――それは私の口からは言えない。この国の暗い歴史に関《かか》わることだからだ。話は以上だ」

えらく中途半端《ちゅうとはんぱ》な答えだが最大限に譲歩《じょうほ》してくれたことは、その強情《ごうじょう》な口元からわかった。

国王が穏《おだ》やかなのは見かけだけだ。だからこそ一国の王であり得るのだろうが。

それでも魔具には、国が関わっているような大きな謎《なぞ》があるとわかった。

しかし国王からは聞き出せない。堅牢《けんろう》な牙城《がじょう》を突き崩《くず》すには――。

(誰《だれ》から攻《せ》めればいい?)

「承知いたしました。これで失礼いたします」

考えながら金の間を出た。

廊下《ろうか》を進んですぐ、こちらに向かってくる二人の男性に気がついた。この先には金の間しかない。ディルクと同じく国王から呼ばれたのだろう。

「おや、ディルク殿下《でんか》ではありませんか」

壮年《そうねん》の男性がにこやかな笑みを浮かべた。上質なスーツに身を包み、艶《つや》のある口ひげを生やしている。しかしその目はちっとも笑っていない。

「フォーカス公爵《こうしゃく》、お久しぶりです」

礼儀《れいぎ》として丁寧《ていねい》に挨拶《あいさつ》を返したが、彼からよく思われていないことは知っている。「半王族」と陰《かげ》で揶揄《やゆ》されていることも。

フォーカスは先代国王の縁戚《えんせき》に当たる名門公爵家の当主である。

出自を何より重んじる主義で、側妃《そくひ》の子でいざこざがあって王宮を追われたディルクは目の敵《かたき》にされていた。

（もう一人は誰だ？　フォーカス公爵の取り巻きか？）

それにしてはずいぶんと若い。黙《だま》ってこちらを見つめてくるのは、ディルクと同じ年くらいの男性だった。長い髪を後ろで一つに結び、驚《おどろ》くほど整った顔立ちをしている。

（公爵の息子《むすこ》か？）

王宮にいなかった時期が長いため、王族や貴族の細々した人間関係に疎《うと》い。

さほど興味がないこともあるが、そこもフォーカスが嫌《きら》う要因の一つなのだろう。

それをわかっているから疑問を口にしなかったし、表情にも出していない。

しかしフォーカスは、ディルクの一瞬《いっしゅん》の視線の揺《ゆ》らぎを読み取ったようだ。わざとらしいほど愛想《あいそ》よく口を開いた。

「この者はクルーガ侯爵《こうしゃく》の子息です。名はエリアス。国王陛下にお仕えする宮廷《きゅうてい》魔法使いですよ。クルーガ侯爵とは昔から懇意《こんい》にしておりまして、エリアスのことも息子のように思っております」

(宮廷魔法使い？)

先ほど、国王がユノの手助けにと魔法使いを提案してきた。このタイミングで国王が呼んだということは——。

(その魔法使いというのがエリアスか。なぜ彼なんだ？)

長年国に仕えてきた高名な魔法使いは、他《ほか》にいくらでもいるだろう。

考え込むディルクにフォーカスが小さく笑った。

「それでは国王陛下に呼ばれておりますので、私たちはこれで失礼いたします」

さっさとディルクの横を抜《ぬ》けていく。

フォーカスの態度はいつものことだが、エリアスのどこか意味ありげな視線がいつまでも心の隅《すみ》に引っかかった。

【第二章】聖女の手助けをする人

ミシェルが住むバレリー子爵家は、中流階級の家が並ぶ中でも小さな家だった。

司祭と噂《うわさ》の聖女がやってきたと、ミシェルの母が大喜びで中庭へ案内してくれた。なぜ中庭なのかと不思議に思っていたら、

「これは……すごい量ですね」

庭を埋《う》め尽《つ》くす勢いで、ミシェルが何十枚ものシーツや衣服を干していた。洗濯物《せんたくもの》が一斉《いっせい》に風にはためく様子は圧巻である。

「少しでも家計を助けようと思って、近隣《きんりん》の家の洗濯を請《う》け負っているんです」

恥《は》ずかしそうに笑うミシェルは、線の細いおとなしそうな女性だ。

貴族令嬢《れいじょう》にしては簡素なシャツとスカート姿で、花壇《かだん》の隅に控《ひか》えめに咲《さ》く花を思い起こさせる。

（タイが見せてくれた光景では長い髪《かみ》と泣いた顔が少しだけしか見えなかったけど、確かにこの人だわ）

「サウザン伯爵《はくしゃく》に贈《おく》られたタイのことでお聞きしたいのですが」

ユノが切り出した途端《とたん》に、ミシェルの顔がこわばった。

「伯爵には本当に申し訳ないことをいたしました。悪いのは全《すべ》て私です……」

消え入るような声でうなだれた。

伯爵から話を聞いた時は、もっと気の強い女性を想像していたのに。

「伯爵と婚約破棄《こんやくはき》をされたと聞きました、あなたがその、幼馴染《おさななじみ》のアレンさんと――」

「知っていらっしゃるんですね」

語尾《ごび》を濁《にご》したユノに、ミシェルがいたたまれないというように続ける。

「うちは元々子爵家とは名ばかりの家でしたが、家族仲良くやっていました。けれど五年前、両親が親戚《しんせき》の保証人になって借金を背負ってしまったんです。それからは本当に大変で、両親は貴族のプライドも捨てて働きに出ました。そして一年前にサウザン伯爵から、私を街で見初《みそ》めた、婚約したいと申し込まれたのです。両親は大喜びでした。でも……私は喜べませんでした」

「それはアレンさんと想《おも》い合っていたからですね？」

「はい……。幼い頃《ころ》から私はアレンが好きで、アレンもそう言っていました。アレンの家もうちと同じく貧乏《びんぼう》子爵家で、私が両親の借金を返し終えたら結婚しようと。その言葉だけが救いでしたが、返し終わるのがいつになるのかわからなくて……」

声も肩《かた》も、可哀想《かわいそう》なくらい震《ふる》えている。

悪いのは浮気《うわき》したミシェルのほうだとわかっていても、いざ目の前にして話を聞くとそれを否定したい気持ちに駆《か》られた。

先が見えなくて真っ暗闇《くらやみ》の中にいる絶望はよくわかる。ユノも実家にいた頃はそうだったから。

ミシェルはそんな時にサウザンから婚約を申し込まれた。自分の気持ちと家族の将来の間で、とても悩《なや》んだはずだ。

そして——家族の将来を取った。

それは悪いことではないと思う。

もちろん浮気をしてサウザンを裏切ったことは許されないけれど。

「私たちの婚約にアレンはずっと反対していました。でも仕方ありません。泣く泣く別れて、それからは会っていません」

「えっ……会っていないんですか⁉」

驚き過ぎて声が裏返った。ミシェルがアレンと浮気したから婚約を破棄したと、サウザンが言っていたのに。

「はい。伯爵と婚約したのですから、アレンへの想いは心の中にしまうことにしました。当然のことです」

「そう……ですよね」

「ですが半年ほど前、街で偶然《ぐうぜん》アレンに出会いました。あまりに懐《なつ》かしくて、道で数分立ち話をしました。私はサウザン家の侍女《じじょ》たちと一緒《いっしょ》でしたし、アレンもサウザン伯爵と顔なじみの恩師の先生と一緒でした。婚約してからアレンと会ったのはたった一度、その時だけです」

ユノの驚きの意味を感じ取ったのか、ミシェルが真摯《しんし》にユノたちを見つめた。

（浮気じゃなかったの？）

「その立ち話の現場を、サウザン伯爵に見られてしまったのです。私は偶然会って話をしていただけだと言いました。侍女たちも、私とずっと一緒にいたと口添《くちぞ》えしてくれましたし、後日恩師の先生からも説明していただきました。……けれど伯爵は信じてくれませんでした。浮気だ、前から会っていたんだろう！　と私を責めるだけで」

ミシェルが鼻をすする。

（どっちの言い分が本当なの？）

わからない。

けれどサウザン家の侍女たちは、主《あるじ》であるサウザンの味方だろう。

それに恩師の先生も、サウザンの顔なじみということはアレンたちをかばってサウザン家を敵に回すようなことはしないといえる。

では、ただのサウザンの勘違《かんちが》いというか思い込みではないか。

（タイは浮気ではなかったと伯爵に伝えたいの？）

「それからしばらくして、伯爵から婚約を破棄すると告げられました」

ミシェルが辛《つら》そうに顔を歪《ゆが》めた。

これでは両方とも納得《なっとく》できないだろう。ただの勘違いなのだ。

「もう一度サウザン伯爵に、浮気はしていないと強く訴《うった》えてみてはいかがですか？」

ユノの提案にキーラが身を乗り出した。

「そうですよ！　ルーベン様が場を設けるでしょうから」

「なぜ私なんだ？」

顔をしかめたルーベンに、ミシェルがどこか達観したような表情で首を横に振《ふ》った。

「もういいんです。誓《ちか》って浮気などしていませんが、婚約したのに他の人を想っていたのは事実で、それが伯爵を傷つけたことは事実なんです」

「ですが伯爵は、あなたのことをいいようには言っていませんでしたよ……？」

というか、かなりひどいように言っていた。

「構いません。――実は私、婚約破棄されて正直安堵《あんど》もしたんです。だからきっと、これでよかったんです」

むしろさっぱりしたと言いたげな口調に、かける言葉がない。

本当にこれでいいのだろうか。けれど、どうすればいいのかと問われたらわからない。

縁《えん》がなかった婚約だった。そういうことか。

ルーベンもキーラも同じ思いなのか、黙《だま》ったままだ。

そこへミシェルの母が嬉《うれ》しそうに顔を出した。

「司祭様に聖女様、お茶の用意ができましたよ。娘《むすめ》にどのようなお話か存じ上げませんが、どうぞ居間でお話しなさってください」

その後ろには、母と同年代の活発そうな女性の姿もあった。

「私はミシェルの母の昔からの友人です。お土産《みやげ》を渡《わた》しにきたら聖女様方にお会いできたなんて幸運です！　ぜひ王宮や大聖堂のお話を聞かせてくださいー」

二人はにこにこと邪気《じゃき》のない笑《え》みを浮《う》かべているが、

「皆様《みなさま》はサウザン伯爵のことでこられたのよ」

とのミシェルの言葉に、顔を曇《くも》らせた。

青ざめた母が力ない声を出す。

「私と夫が全て悪いんです。ミシェルがアレンと恋仲《こいなか》だと知らず……婚約金に釣《つ》られて、渋《しぶ》るこの子にサウザン伯爵との婚約を頼《たの》み込んだんですから」

ミシェルがはじかれたように顔を上げた。

「そんなことない、お母様！　婚約を承諾《しょうだく》したのは私なんだから」

「でもあなた、とても嫌《いや》がっていたわ。私はてっきり伯爵の見た目が冴《さ》えないからだとばかり……。司祭様に聖女様、ミシェルもそれに伯爵も何も悪くないのです。全ては考え無しだった私のせいなのです」

「お母様……」

ミシェルが泣きそうな顔をした。

やはり誰《だれ》も悪くない気がする。言葉は悪いけれど仕方ないというか。

ユノは困って、ルーベンやキーラと顔を見合わせた。

（タイは伯爵《はくしゃく》にただの勘違いだと言いたいの？ でも私の首を絞《し》めるほど、何かを強く伝えたいはずなのよ）

「今は、アレンさんとはどうなってるんですか？」

もどかしい気持ちに駆られて口を開いた。こんなことを聞いていいのかわからないけれど、せめて何かしらのとっかかりが欲しい。タイが求める答えの。

「あれ以来、一度も会っていません。私は今でもアレンが好きですが、こんなことになってしまってはとても会えませんから」

同じようにうなだれるミシェルと母の背中を、友人がさすりながら聞く。

「司祭様、このことはサウザン伯爵から聞かれたのですか？」

「そうです。大聖堂に伯爵がいらして——」

「やっぱり！」

途端《とたん》に、友人が目を吊《つ》り上げた。

「ミシェルが悪い、自分が怒《おこ》るのは当然だと言っておられたのでしょう？　確かにミシェルはアレンが好きでしたが、婚約してからはその想《おも》いを閉じ込めたのですよ。伯爵と添《そ》い遂《と》げようと決意したのです。それなのにアレンと偶然会って立ち話をしたくらいで浮気だと責めるなんて。しかもミシェルが浮気したと、ほうぼうで騒《さわ》ぎ立てておられるんです！　あなた方もそれを聞いたから、ここへこられたのでしょう？」

「やめてちょうだい……」

弱々しい声を上げる母に、友人が構わず続ける。

「いいえ、黙っていられないわ！　あなたもミシェルもお人好《ひとよ》し過ぎるのよ。この大量の洗濯物《せんたくもの》を見てください。家計を助けるためもありますが、伯爵へせめてものお詫《わ》び金を渡そうとしているんです。ミシェルの両親もそうですよ。仕事をいくつも掛《か》け持ちして、それは借金返済のためだけではありません。それなのに伯爵の態度はひど過ぎます！」

そうか、この中庭を埋《う》め尽《つ》くすほどの洗濯物はサウザンへの償《つぐな》いのためなのか。

そしてミシェルの両親も。

貴族なのに、ミシェルと母の荒《あ》れた手を見て悲しくなった。

「怒っているのは私だけではありません！　サウザン伯爵の言い分を耳にした他《ほか》の友人たちも皆《みな》、同じように憤《いきどお》りを感じておりますよ！」

母が辛そうに友人に訴える。

「お願いだからもうやめてちょうだい。全《すべ》て私が悪いの……」

「あなたはいつもそればっかり！　どこまで人がいいのよ」

歯がゆそうな友人に、ユノは困惑《こんわく》した。

（ここにきたら、タイの伝えたいことがわかると思ったのに）

何もわからない。ますますミシェルが悪いとは思えないのだ。

（どうしよう？）

ユノは困って空を仰《あお》いだ。


バレリー家から奥の宮殿《きゅうでん》へ戻《もど》ってきたユノたちは、そのまま魔具《まぐ》部屋へ向かった。

タイがミシェルの味方なのか伯爵の味方なのか、それすらもわからない。焦《あせ》りながら魔具部屋の扉《とびら》を開けようとした時、見慣れない男性が近づいてきた。

ルーベンが驚《おどろ》いた顔でつぶやく。

「エリアス様ではないか。なぜここにおられるのだ？」

「エリアス様？」

「ああ。クルーガ侯爵《こうしゃく》のご子息で、宮廷《きゅうてい》魔法使いでもいらっしゃる」

エリアスが表情も変えずに言う。

「国王陛下から、聖女の役目を手伝うように命じられました」

（私のお手伝い？）

驚くユノの後ろで、ルーベンがショックを受けた顔をした。

「ユノの手伝い？　では私はどうなるのだ？」

「ルーベン様、何と言うかお気を落とさずに」

キーラが同情するようにルーベンの背中をそっとさするが、ショックを受けたのはユノもだ。

（私たちだけでは不充分《ふじゆうぶん》だと、陛下は思っておられるということ？）

そんな……たしかに素早《すばや》く解決はできないけれど、ルーベンは充分やってくれている。

足りないのはユノのほうなのだ。

しかしユノも自分なりに頑張《がんば》っている。ディルクのためにもできることをしようと行動に移しているが、それでは足りないということか。

焦るユノに、エリアスが視線を向けた。

値踏《ねぶ》みするようにザッと全身を見回されて、ひどく緊張《きんちょう》した。

「これが聖女か」

落胆《らくたん》したようなつぶやきが、今は深く心に刺《さ》さった。

「聖女といえば持ち得る浄化《じょうか》魔法で、圧倒《あっとう》的に魔具の上にいる存在だ。少なくとも百五十年前の聖女はそうだったと、大司祭様から聞いている。それなのに逆に魔具に襲《おそ》われるなんて、君が聖女にふさわしいとは思えない」

何も言い返せない。未《いま》だにタイが伝えたいことの見当すらつかないのは事実なのだ。

けれど、ふと疑問に思った。

「なぜ、私が魔具に襲われたことを知っていらっしゃるのですか？」

エリアスは答えない。冷めた目でユノを見るばかりだ。

その時、扉の中からノックするような音が聞こえた。

（タイだわ）

直感した。ミシェルに会ってきたユノに何か言いたいことがあるのだろう。

（ルーベン様が、タイは革袋《かわぶくろ》に戻して棚《たな》に置いたと言っていたわね）

しかし扉を叩《たた》く音がするということは、とっくに革袋から抜《ぬ》け出したのだろう。

扉を開けて隙間《すきま》からそっと覗《のぞ》くと、案の定、棚の前でタイが浮いているのが見えた。ひらひらと宙を舞《ま》う様は、まるで体をくねらせる蛇《へび》のようだ。

エリアスのことは気になるし、タイの伝えたいことはまだわからない。けれどやるしかない。ユノは室内に踏《ふ》み込んだ。

タイがじっと見つめてくる気配がした。

「ミシェルさんに会ってきたの」

ユノの言葉に、こちらを見る気配が強くなった。

「悪いのは自分で、サウザン伯爵を傷つけてしまって申し訳ないと謝ってたわ。せめてもの謝罪にお詫び金を送ろうと、大量の洗濯の仕事をしていた」

タイは宙に浮いたまま、そこから動く気配はない。ユノの次の言葉を待っているように感じた。

小さく深呼吸をする。一言間違《まちが》えばタイはまた襲ってくるだろう。

ユノは覚悟《かくご》を決めた。自信はないけれど、これ以外にタイが伝えたいことが思いつかない。

「ミシェルさんは浮気《うわき》なんてしていないと言っていた。アレンさんのことは変わらず好きだけど、サウザン伯爵の婚約《こんやく》を受けたからそれからは会ってないの。サウザン伯爵が街で二人を見た時は、たまたま再会しただけだった。それは事実だと思う。二人にはそれぞれ連れがいたし、街中だから話以外のことをすれば誰《だれ》かが見ていたはずよ」

二人が立ち話をしていたのは、人通りの多い中心街だったのだから。

ミシェルはサウザンを裏切っていなかった。

本当にサウザンの勘違《かんちが》いなのだ。もしくは思い込み。

タイはミシェルが贈ったものだ。タイを選んで刺繍《ししゅう》を入れる時、アレンのことを想いサウザンとの婚約を嘆《なげ》いただろう。

そしてサウザンが受け取ってからはサウザンの屋敷《やしき》にあったから、タイはミシェルが浮気したとサウザンが怒《いか》りくるう姿しか見ていない。

だからタイはサウザンに同情したのかもしれない。

「そういうことよね？　合ってる？　合っていて欲しい。」

しかしタイは激しく体をくねらせた。まるで違う違うと地団太を踏むように。

違ったのか。ショックを受けるユノの脳裏《のうり》に、勢いよく映像が流れた。


前に見たのと同じ室内の景色。

やはりここは、サウザン伯爵《はくしゃく》の屋敷内なのだ。

サウザンがテーブルに突《つ》っ伏《ぷ》していて、その横には酒の空き瓶《びん》が何本も転がっている。

『今日の午後、ミシェルはアレンと街で会っていた……』

弱々しくつぶやくサウザンに、空き瓶を片付けていた老年の侍女《じじょ》が諭《さと》すように言う。

『ですから旦那様《だんなさま》、あれは本当に偶然《ぐうぜん》会っただけです。私も他の侍女もミシェル様と一緒《いっしょ》におりましたし、ミシェル様がアレンと話をしている時もずっと一緒でした。私は旦那様がお生まれになった時からお仕えしております。ここだけの話、旦那様のために密《ひそ》かにバレリー家の侍女を雇《やと》い、ミシェル様のご様子を逐一《ちくいち》伝えさせておりました。しかしアレンと会ったり、手紙を交《か》わしたりという形跡《けいせき》は一切《いっさい》ございません。ご安心ください』

そんなことまでしていたのか。

驚いたが、それならばミシェルが言ったことは事実なのだ。

伯爵が顔を上げた。たくさん飲んだはずなのに目がちっとも酔《よ》っていない。

『わかっている。あれはアレンとたまたま会って話をしていただけだ。ミシェルは浮気なんてしていない』

（知っていたの!?）

そんな馬鹿《ばか》な。ではなぜミシェルが浮気したと人に話すのか。自身のプライドのためか？　だが婚約破棄《はき》を申し出たのはサウザンのほうからだ。

（どうなってるの……？）

頭が混乱しそうだ。

タイが怒《おこ》ったようにユノに向かってきた。

また首を絞《し》めるつもりか。警戒《けいかい》して充分に距離《きょり》を置くと、タイの端《はし》が硬質《こうしつ》化したように鋭《するど》くなった。まるで切れ味鋭《するど》いナイフだ。

（斬《き》られる!?）

咄嗟《とっさ》に両手を前に出して力を込めた。白く淡《あわ》い魔《ま》法《ほう》の光が放たれた。

同時に、呪文《じゅもん》を唱えたルーベンの手元からも輝《かがや》く魔《ま》法陣《ほうじん》が現れた。封印《ふういん》魔法だ。心なしか、いつもより気合いがこもっているように思う。

光と魔法陣の両方の作用で、タイが空中でピタリと止まった。

ホッとしたが、タイは何とか動こうと必死に体をくねらせている。

（止まって！）

両手にさらに力を込めた。ルーベンもそうだろう。純粋《じゅんすい》に止まって欲しいという思いと、エリアスに二人の力を見せたい気持ちもあった。

「頑張って！」

キーラの声援《せいえん》が聞こえて嬉《うれ》しくなる。

その甲斐《かい》もあってか、徐々《じょじょ》にタイの動きが弱まった。そして完全に宙で動きを止めた。

「やった……！」

よかった。これでルーベンもユノも、きちんと役割を果たしているとわかってもらえたはずだ。笑顔《えがお》でエリアスを見たが、エリアスは眉根《まゆね》を寄せてため息を吐《つ》いた。

「こんなものか」

「えっ？」

エリアスがタイに右手を向けた。人差し指で素早く宙に呪文のような文字を書く。する

とタイの表面に、まるで押印のように同じ文字がまばゆく輝いて見えた。

あっという間に硬質化したタイが元の布に戻《もど》り、床《ゆか》に横たわった。

(嘘《うそ》……こんなにあっけなく?)

信じられない。タイの動きを止めるだけでも大変なのに。

「強力な封印魔法だ……」

ルーベンの呻《うめ》くような声がした。

エリアスがユノを見て、もう一度ため息を吐いた。

「そんな力で本当に聖女を名乗っているのか。後は、扉《とびら》を封印すればいいだけだろう。それくらいはできるんだろうな?」

冷たく言い置いて、さっさと魔具部屋を出ていった。

体が震《ふる》えるほどの情けなさが込み上げてきて、体の脇《わき》で両手をギュッと握《にぎ》りしめた。

(聖女のお役目をちゃんと果たしたいのに……)

功績を挙げたい。認めてもらいたい。

それなのに、自分の力は全く足りていない――。

床に落ちたタイはぴくりともしない。ユノは近づき、そっと両手で拾った。

「おい、ユノ!?」

ルーベンがギョッとしたが、エリアスの封印魔法が効いているため動かない。

何度も攻撃《こうげき》されてタイを怖《こわ》いと思う気持ちはもちろんあるけれど、申し訳なさのほうが大きい。

（私にしか声が聞こえないのにごめんね）

どうしてタイが何を言いたいかわからないのだろう。謝るように生地《きじ》の表面をゆっくりと撫《な》でた。手触《てざわ》りはなめらかだ。

サウザンもミシェルも、こうしてタイを撫でたのだろうか。

（ごめんね）

丁寧《ていねい》に棚《たな》に戻し、無理に微笑《ほほえ》んで言った。

「ここを出ましょう。扉に鍵《かぎ》をかけます」


夜も更《ふ》けた頃《ころ》、ディルクは大聖堂の奥にある大司祭の執務室《しつむ》を訪《おとず》れた。

「殿下《でんか》、どうされました？　この前言っておられた婚約《こんやく》式のことですかな？」

大司祭はいつもの穏《おだ》やかな笑顔で迎《むか》えてくれたが、

「人払《ひとばら》いをお願いできますか？」

低い声で言うと、重要な用件だと察したようだ。すぐにお付きの修道士たちを部屋から下がらせた。

デスクの前にある応接セットに座り、ディルクは口を開いた。

「百五十年前の前代の聖女のことです。平民だった彼女が、聖女の称号《しょうごう》と爵位《しゃくい》を与《あた》えられたのはなぜか知っていますか？　浄化《じょうか》魔法は特殊《とくしゅ》でめずらしいとはわかりますが、国益になるようなものではありません」

数少ない文献《ぶんけん》や資料は調べたが、魔力と邪気《じゃき》を併《あわ》せ持つ物が魔具となり、それを浄化できたのが聖女だ――というディルクも知っていることしか書かれていなかった。

ディルクの真剣《しんけん》さがわかったのか、大司祭が慎重《しんちょう》に口を開く。

「私も詳《くわ》しいことはわかりません。ただ前代の聖女は、大聖堂ではなく王宮の管轄《かんかつ》でした。しかも国王陛下直轄《ちょっかつ》だったと聞きます。それがユノは大聖堂の管轄にすると国王陛下自ら命じられたようで、私も不思議に思っておりました」

やはり国王は何か知っていて隠《かく》している。そう確信した。

それにクルーガ侯爵《こうしゃく》とエリアスも関《かか》わっているのか？

「クルーガ家のエリアスがユノの手伝いをするようにと、陛下から命じられたそうです」

「ルーベンから聞きました。しかし封印魔法は聖職者だけの特別な魔法ではありません。魔法使いなら使える者もいるでしょう。しかもエリアス様は幼少期よりその魔力の高さから、神童だと言われておりましたから」

大司祭が申し訳なさそうに首を横に振《ふ》った。

「私も浄化魔法や前代聖女について、以前にお話しした以上のことは知らないのです」

「そうですか……」

落胆《らくたん》したが仕方ない。

「お時間をとらせました」

次は誰《だれ》に聞けばいいかと考えながら、ソファーから立ち上がった。すると、

「殿下」

と、ささやくように呼び止められた。

大司祭が内緒話《ないしょばなし》でもするように身を乗り出してくる。

「大昔、私がまだ見習いの修道士だった頃、当時の大司祭様と宰相《さいしょう》の会話を偶然《ぐうぜん》耳にしたことがあります。私は物置の陰《かげ》でこっそりと仕事をさぼっていたので、彼らは私に気づかなかったのでしょう。二人ともお付きの者を排除《はいじょ》していたので、ただ事ではないと思い耳を澄《す》ましました」

「それで?」

さぼってくれてよかった。ディルクも耳を近づけた。

「――前代の聖女が浄化できなかった魔具が、たった一つだけあると」

「それほど強力な邪気を備えていたということですか!?　一体どんな魔具なんです?」

「わかりません。会話はそこで終わりましたから」

そんなものがあったとは。

だが浄化できなかったのなら、今もどこかにあるはずだ。

ディルクの考えがわかったのか、大司祭が再び首を横に振った。

「所在はわかりません。それほど強力な魔具《まぐ》だとすれば、かなりの被害《ひがい》が出ているはずです。しかし今までそういったことは何もなかったので、正直その存在を疑った時期もありましたし、ここ最近は忘れておりました」

それはそうかもしれない。

しかし当時の大司祭と宰相が人払いをしてまでの会話なら、事実ではないのか。モヤモヤした確信のようなものが沸《わ》き上がった。

(国王陛下は――父上はこのことを知っているのか？)

知っているはずだ。そして、国王がわざわざ浄化の手伝いを命じたというエリアスも。

(エリアスが知っているならフォーカス公爵も、かもしれないな)

一気に気が重くなった。

今までフォーカスからは色々な嫌《いや》がらせを受けた。

王侯《おうこう》貴族なら誰でも呼ばれる舞踏《ぶとう》会に一人だけ呼ばれなかったり、公衆の面前であからさまな嫌味《いやみ》ととれる馬鹿《ばか》丁寧《ていねい》なあいさつをされたりなど。

そのたびに鼻で笑ったり、こちらも馬鹿丁寧なあいさつを返したりした。

被害が自分だけなら全く気にならない。

しかし魔具が関わってくるなら、ユノも巻き込むことになる。途端《とたん》に怖いと思った。

幸いにもユノはかつてだが名門魔法使いと言われた家の出だから、フォーカスの心証はいいはずだが——。

（……くそ）

なぜ自分が、嫌味なフォーカスの心情を測らねばならないのか。

それでもユノには決して悲しい思いはさせたくないのだ。

「それとルーベンが怒《おこ》っていたのですが、どうもエリアス様は聖女様の力を信じておられないようで」

「どういうことですか？」

ディルクは身を乗り出した。


奥の宮殿《きゅうでん》の二階にあるユノの寝室《しんしつ》は広い。

天蓋《てんがい》付きのベッドに宝石の埋《う》め込まれた鏡台、中央には真鍮《しんちゅう》の飾《かざ》りがついたソファーと同じデザインのテーブルがゆったりと置かれている。

下級侍女《じじょ》だった頃は、こんなところに住めるなんて夢にも思わなかった。

『本当に私が住んでいいんですか？』

『もちろん。ユノのために用意したんだから』

まだ信じられないながらも、嬉《うれ》しくて笑顔で室内を見回す。そんなユノを、扉《とびら》にもたれて腕《うで》を組んだディルクが幸せそうに眺《なが》めていた――。


その室内を、ユノはウロウロと歩き回っていた。

（タイの伝えたいことがわからない）

これではとてもディルクの助けにならない。気が焦《あせ》るばかりで、頭がずっと同じところをグルグル回っている。自分は駄目《だめ》だと気持ちが落ち込んでいく。

（駄目よ！）

慌《あわ》てて上を向いた。

もう昔の自分とは違《ちが》う。聖女の役目を頑張《がんば》ろうと決めたのだ。気落ちしている場合ではない。

（そうよ。自分で何とかしないと）

両手を強く握《にぎ》りしめた時、扉がノックされた。

そこにいたのはディルクだ。

「こんな時間にどうしたんです――もしかしてタイがまた何か!?」

血の気が引くユノに、ディルクが慌てたように言う。

「違うよ、大丈夫《だいじょうぶ》。タイはおとなしくしている。そうじゃなくて、ユノが落ち込んでいるようだと大司祭様から聞いたから」

それで心配してわざわざ様子を見にきてくれたのか。嬉しくて泣きそうになった。

「ありがとうございます。私は大丈夫ですから」

きてくれただけで充分《じゅうぶん》だ。これでまた頑張れる。

そう思い、顔を上げて微笑《ほほえ》むと、ディルクがめずらしく口をへの字に曲げてユノを見つめていた。

そして人差し指を立てて、ユノの唇《くちびる》をふさぐようにその中心に当てた。

「えっと、あの――？」

「大丈夫じゃない時はそう言っていいから」

「……えっ？」

「婚約《こんやく》するんだから、俺の前では無理や平気な振りはしないで欲しい。大丈夫じゃない時は大丈夫じゃないでいいから。むしろそう言って欲しいんだ」

ユノが無理をしていると見抜《みぬ》いている。

その上で、それでいいと言ってくれている――。

「……タイの伝えたいことがわからなくて」

気がつくと、勝手に言葉が出ていた。

「わかるのは私だけなのに、聖女の私がわからなくちゃいけないのに。できない自分が情けなくて……」

「うん」

「そのせいで陛下やエリアス様からルーベン様まで力不足に思われてしまって……それに私自身も認めてもらいたいのに全く駄目で……」

「うん」

本音が次々と口を衝《つ》いて出る。これ以上言ったらさすがに嫌《きら》われてしまうかもしれないと、不安になるほどに。

そんなユノの肩《かた》をディルクがしっかりと引き寄せ、なぐさめるように背中をさすった。

「ユノなら大丈夫だよ」

「……えっ？」

「浄化《じょうか》魔法についてはよくわからないけど、魔具の気持ちは少しわかる。ここまで悩《なや》んでくれるユノだから、誰《だれ》にも言えない自分の気持ちを伝えたいと思うんだよ。昔の俺もそうだった。魔具自身がそう思っているんだから、時間はかかってもユノなら絶対に聞こえるよ」

涙《なみだ》があふれた。自分はこの言葉が欲しかったのだと思った。

すがるように背中に回した手に力を込めると、肩越《かたご》しにディルクが笑ったのがわかった。

「ユノが心の内を言ってくれて嬉しいよ。普段《ふだん》はあまり表に出さないから。俺を頼《たよ》ってくれることも」

嬉しそうな口調で、ますます強く抱《だ》きしめられた。

頼ることで相手が嬉しがることもあるのか。そんなこと知らなかった。

（ディルクは昔から私の知らない世界を見せてくれるわ……）

温かい腕の中で、過去のことを思い出した。プロポーズの指輪を受け取らなかった時、ディルクから嫌われたと思った。もう希望は潰《つい》えたと。

（私はひどいことをしたんだから当然よ。それよりディルクの幸せを願わないと、と泣きながら思ったっけ）

そこで、ふと何かが頭の片隅《かたすみ》に引っかかった。

それよりディルクの幸せを願わないと――？

サウザンやミシェル、ミシェルの母などから聞いた言葉が次々と脳裏《のうり》を巡《めぐ》る。タイが見せた光景、そしてタイの行動。

（もしかしてタイの伝えたいことって……）

――そうか。だからタイはユノの首を絞《し》めたのだ。

考えていたせいで動きが止まっていたようだ。ディルクが不思議そうにユノを覗《のぞ》き込み、そして決意したようにゆっくりと顔を近づけた。

「ユノ、俺は――」

「わかりました！」

ディルクが目を見開き、急いで顔を離《はな》す。

「タイの伝えたいことがわかりました。ディルクのおかげです！」

ようやく全《すべ》てがわかった。明日、タイを連れてサウザンに会いにいこう。確認《かくにん》しないといけない。それからミシェルにも会いにいく。

晴れ晴れとした顔で笑うユノに、ディルクが何とも言えない顔をして、それから嬉しそうに微笑んだ。


翌朝早く、ユノはディルクやルーベンと魔具《まぐ》部屋へ向かった。

扉の向こうから、前と同じく叩《たた》く音がしている。

「つい先ほどからまたこの音が聞こえて、ご連絡《れんらく》しようと思っていたところです」

気味悪い顔をする兵士たちにディルクが言う。

「ここはもういいから下がってくれ」

ルーベンが小声でユノに聞いた。

「入って大丈夫なのか？　また前のようになるのでは？」

「大丈夫です」

ユノは微笑んで中へ入った。

棚《たな》の前で、前と同じようにタイが宙に浮《う》いていた。一つ違ったのは、ユノの姿を認めた瞬間《しゅんかん》、タイが攻撃《こうげき》態勢に入ったことだ。

黒い邪気《じゃき》が立ち上るのが見える。やはり邪気量が強くなっているのだ。

けれど、どこか悲しそうにも見えた。

ユノはタイの前に立った。その時だ。

「こんな朝早くから一体何をされているんです？」

エリアスだ。昨夜客間に泊《と》まればいいという声を断ってクルーガ家に戻《もど》っていったのに、こんな早朝からもうきているとは、意外に律儀《りちぎ》な性質なのか。

エリアスがタイと向き合うユノを見て眉根《まゆね》を寄せた。

「危険だぞ。また同じ目に遭《あ》いたいのか？」

いいえ、とエリアスに微笑み、タイに話しかける。

「あなたはサウザン伯爵《はくしゃく》の味方なのね」

タイの端《はし》がピクリと動いた。

「そしてサウザン伯爵は、ミシェルさんを今でも愛している」

驚《おどろ》くディルクやルーベンの後ろから、エリアスの鋭《するど》い声が飛ぶ。

「まさか。サウザン伯爵とはサロンや葉巻会で何度か顔を合わせたことがある。伯爵は確かに、元婚約者が浮気《うわき》をしたと恨《うら》んでいた」

「けれど、これが真実なんです」

だからこのタイは魔具になったのだ。

タイを見上げると、折り曲げた両端を何度も何度もひらひらと動かしていた。まるで大きく頷《うなず》くように。

「そんな馬鹿《ばか》な——」

エリアスがつぶやく中、ユノはタイに右手を差し出した。

「おいで。一緒《いっしょ》にサウザン伯爵のところへいこう」

タイがひらひらと舞《ま》いながら寄ってきた。しかしユノの差し出した指先にタイの端が触《ふ》れるか触れないかのところで、躊躇《ちゅうちょ》するように小刻みに揺《ゆ》れている。

「どうしたの？」

今すぐにいきたいはずなのに。不思議に思うユノの顔の前までタイの端がゆっくりと上がり、今度は縦にゆらゆらと揺れ出した。その姿はまるで——。

「……もしかして私の首を絞めたことを謝っている？」

何度も頷くように、またもゆらゆらと揺れた。

「気にしなくていいよ。おいで」

笑って指先をさらに前に出すと、タイがためらうように、しかし嬉《うれ》しそうに揺れながらゆっくりとそこに触れた。

その瞬間、ベージュの長い体から黒い煙《けむり》のようなものが立ち上った。邪気だ。吹《ふ》き出た邪気が、やがて宙に溶《と》けるようにスウッと消えた。

ユノとタイのやり取りに呆気《あっけ》に取られていたエリアスが、大きく目を見張った。


「ようこそおいでくださいました」

初めて訪《おとず》れたサウザン伯爵家の応接室は、脳裏に見えた光景とそっくり同じだ。

(やっぱりサウザン家での出来事だったのね)

ユノが納得《なっとく》した時、侍女《じじょ》に呼ばれたサウザンが慌《あわ》ててやってきた。ユノとルーベンだけでなくディルクもいると聞いたからだろう。姿を認めて深く頭を下げた。

(伯爵はフォーカス公爵の一派ではないのね)

そのことに無性《むしょう》にホッとした。

緊張《きんちょう》した顔つきのサウザンが、一人だけあえてソファーの後ろで腕《うで》を組んで立つエリアスを見て驚いた顔をした。

「先日のタイの件でお伺《うかが》いしたのですが」

ルーベンが切り出すと、サウザンが挑《いど》むような笑《え》みを浮かべる。

「あの気味悪いタイならもういらない、煮《に》るなり焼くなり好きにしてくださいと申し上げたはずです」

ユノの膝《ひざ》の上で布の鞄《かばん》がかすかに震《ふる》えた。中にタイを入れてきたので、タイが体を震わせたのだろう。確かに「捨ててもいい」と目の前で言われたらショックだ。

(大丈夫《だいじょうぶ》。すぐにわかってもらえるわ)

安心して欲しくて鞄の上からそっと撫《な》でると、タイの震えが小さくなった。

ルーベンが言う。

「バレリー家にいき、ミシェルに会ってきました」

「あの女は恥知《はじし》らずにも浮気などしていないと言ったでしょう?」

「ええ。ですが事実でしょう。ミシェルはアレンと街で偶然《ぐうぜん》会って話をしただけだ。しかもその場にはサウザン家の侍女たちや恩師も一緒だったそうですね。失礼ですが、浮気は伯爵の思い込みでしょう」

「いいえ、そんなはずはありません!」

「しかしミシェルはアレンとその時以外一度も会っていないし、話もしていません。それはあなたの家に長年仕えている老年の侍女がよく知っているはずですよ」

「……なぜ、そのことを知っていらっしゃるのです？　あの者の口の堅《かた》さはよく知っている。口を滑《すべ》らせるはずがないのに」

「それは――」

ルーベンが口ごもる。ユノが脳裏《のうり》で見たからだ、と言っていいのかどうか迷っているのだろう。

不意に、膝の上で鞄が小さく揺れた。中でタイが暴れているのだ。違《ちが》う、違う、と激しく首を振《ふ》るように。

(わかってるから大丈夫よ)

安心させるように、鞄の上からポンポンと軽く叩く。

そしてサウザンをまっすぐ見つめた。タイの代わりに。

「サウザン伯爵、あなたは婚約《こんやく》を申し込んだ時も今も変わらずミシェルさんを愛しているのですね」

サウザンは一瞬虚《きょ》を衝《つ》かれたような顔をしたあと、みるみる怒りをにじませた。

そして怒《おこ》った顔でテーブルを両手で思い切り叩く。

「私があの浮気女を愛している？　世迷《よま》い言はやめてください。いくら聖女様といえど、言って許されることと許されないことがありますよ。これは大変な侮辱《ぶじょく》です！」

真っ赤な顔で訴《うった》えるサウザンに、ルーベンが顔色を変えた。

ディルクが無言でサウザンを見返し、エリアスがそれ見たことかという顔をする。

そんな中、ユノは微笑《ほほえ》んだ。

心配ない。確信がある。

ユノはサウザンに聞いた。

「タイが勝手に動き出して宙を舞《ま》っていたのは、半年以上前からとお聞きしました。それでも先日、私に預けにくるまで長い間ずっと手元に置いておいた。それはなぜです？」

「以前に申し上げたはずですが？　信心深くなくて司祭様に相談しづらかったからです。まあシルク地で高価なため、手放すか迷っていたというのも大きいですがね」

下卑《げび》た笑いを浮《う》かべる。

鞄の中でタイが大きく身じろぎしたのが伝わった。またも、違う、違う、と声を大にして言いたいのだ。

ずっとそうやって訴え続けてきたのだろう。けれど声は誰《だれ》にも届かなかった――。

（大丈夫、聞こえてるよ）

応《こた》えるように鞄の上から撫でて、サウザンを見た。

「それは違います。あなたはミシェルさんから贈《おく》られたタイを、気味悪いと思いながら手放せなかったんです。大切な彼女から贈られた唯一《ゆいいつ》の物だったから」

「何を根拠《こんきょ》にそんな世迷い言を――」

「このタイが違うと言うからです」

靴の中からタイを取り出して、サウザンに見せた。

突然《とつぜん》日の目を見たタイが、びっくりしたように端をピンと伸《の》ばしたまま固まる。

びっくりしているのはサウザンもだが、構わず続けた。

「あなたがミシェルさんのことを悪く言うたびに、タイが違うと言いたげに動くんです。タイをお預かりした時は、あなたはミシェルさんを嫌《きら》っていると思っていました。そういう風にあなたが思わせていたのですね。ですがある時、逆かもしれないと思ったんです。あなたはミシェルさんを嫌っているふりをしているだけで、本心はそうでないのかもしれないと。そうしたら全《すべ》ての謎《なぞ》が解けました」

隣《となり》に座るディルクを見上げた。

ユノを心配して、寝室《しんしつ》まで様子を見にきてくれた時のことだ。

過去に考えたことを思い出したのだ。自分はひどいことをしたのだから、自分の想《おも》いよりディルクの幸せを願わないといけない、と。

そう、自分のことより愛する人の幸せを願わないといけない――。

「あなたはミシェルさんを見初《みそ》めて婚約を申し込みました。受け入れられた時は喜んだでしょう。けれどミシェルさんには子どもの頃《ころ》から想っている人がいた。あなたはとても悩《なや》んだと思います」

好きな人に、別に好きな人がいる。とても辛《つら》かったはずだ。

叶《かな》わぬ想いに苦しみ、考えてはいけないことを考えた時もあっただろう。

「それでもあなたは、自分よりミシェルさんが幸せになる将来を選んだ。ミシェルさんを諦《あきら》めたんです」

「本当か!?」

ルーベンが驚《おどろ》いた声を出した。ディルクとエリアスも大きく目を見開いている。

「本当です。だから伯爵《はくしゃく》は、ミシェルさんが幸せになるためにはどうすればいいか考えました」

自分の想いはおいておいて。

ルーベンが呻《うめ》き混じりの声を出す。

「ミシェルが幸せになるためには、など誰にでもわかるだろう。伯爵との婚約を破棄してアレンと結ばれることだ」

「その通りです。だから伯爵はそうしました」

折しも決意できたのは、ミシェルがアレンと偶然街で会った日からすぐなのだろう。

もしかしたら、ミシェルが今まで見たこともないほど幸せそうな顔をしていたのかもしれない。

だから浮気《うわき》ではないとわかっていたのに浮気だと言い張り、ミシェルを責め立て婚約破《は》棄《き》した。ミシェルが悪いと、会う人会う人に言い続けた。

「それを聞いた人は、もれなくミシェルは浮気しても仕方ないのではないかと感じます。サウザン伯爵は被害者《ひがいしゃ》とわかるけれど納得《なっとく》できないと」

ユノもそう思ったし、キーラも言っていた。

「でも伯爵はわざとそういう言い方をしたんです。聞いた人がそう感じるように」

その中に実際にミシェルに会った者がいれば、浮気は事実ではない、サウザンの勝手な思い込みにもかかわらず自分を責めるミシェルに同情する。

ミシェルの母の友人がいい例だ。

事実、彼女は他《ほか》にも同じようにサウザンに憤《いきどお》りを感じた者が多いと言っていた。

「伯爵はミシェルさんの周りに、そういう方たちを多く作っておいたんです」

それはなぜか。

「今回の婚約破棄に関してミシェルさんは悪くないと、周囲の人たちから思ってもらうためです。そうすれば同情した彼らがミシェルさんに言ってくれる」

「サウザン伯爵のことは忘れて、早くアレンと結婚したほうがいい――か」

辛そうに言葉を引き継《つ》いだのはディルクだ。

サウザンは膝《ひざ》の上で固く拳《こぶし》を握《にぎ》り、うつむいたまま微動《びどう》だにしない。

(こんな風に浮気だなんて騒《さわ》がなくても、伯爵が他の女性と本当に浮気して婚約破棄すればよかっただけとも思うけど)

こうするしかない理由があったのかもしれない——。

沈黙《ちんもく》が流れた。

自分の言ったことが間違っていないか不安にさせる沈黙だ。

だがその不安をはねのけるように、テーブルの上のタイがゆっくりと動いた。ユノの膝にタイの端《はし》が垂れてきて、小さく撫《な》でられた。合っているという肯定《こうてい》に感じた。

勇気が出て、ユノはサウザンを見た。ここから先は確信がない。ユノの想像だがおそらく合っていると思う。

「ミシェルさんのバレリー家は借金があったと聞きました」

サウザンの拳がピクリと動いた。

「けれどバレリー家にお伺《うかが》いした時、お母様は家におられました」

聞いた通り仕事を掛《か》け持ちしているのだろうが、家計が火の車だという切羽詰《せっぱつ》まった雰《ふん》囲気《いき》は感じられなかった。

そして友人の言った通り、誰でもミシェルに同情してサウザンに憤りを感じるはずなのに、ミシェルの一番の理解者であるはずの母がサウザンの味方をした。

「それにお母様は、悪いのはサウザン伯爵でもミシェルでもなく全て自分だと言われました」

ディルクとエリアスが勘づいたようにサウザンを見つめる。

「あなたは自分の想いを封《ふう》じてミシェルさんとアレンさんをくっつけようとしただけでなく、バレリー家の借金を肩代《かたが》わりしたのですね」

ミシェルは知らないのだろう。知っているのは両親だけだ。だからサウザンが悪く言われた時、母は顔を歪《ゆが》めてサウザンをかばったのだ。

「そしてミシェルさんのご両親に、このことは黙《だま》っておくようにとも言ったのですね？」

返事はない。だがそれが何よりも肯定を示していた。

しばらくしてサウザンが力ない声を上げた。

「――あれは婚約《こんやく》の結納金です。借金の肩代わりをしたわけではない」

ああ、そうか。

「だから浮気だと言い張って、ご自分から婚約破棄されたんですね。そういう名目にしておけば、一方的に破棄されたミシェルさんに返金の必要はありませんから」

それに借金がなくなれば、ミシェルがアレンと結ばれるための障害もなくなる――。

誰も何も話さない。

沈黙を破ったのはサウザンだ。

「私はこんな容姿ですから、女性に好きになってもらったことなど一度もありません。ですからミシェルに一目ぼれして、駄目《だめ》もとで婚約を申し込みました。受けてもらえた時は飛び上がるほど嬉《うれ》しかった。全力で幸せにしようと思いました」

だがすぐに、ミシェルが誰を想っているのか知った。

天国から地獄《じごく》へ落ちたような気持ちだったのかもしれない。

「……ミシェルがもっと嫌《いや》な人ならよかったんですよ」

浮気の濡《ぬ》れ衣《ぎぬ》を着せられても、婚約中に他の男を想っていた自分が悪いのだから当然だと思わないような嫌な女なら——。

サウザンが力ない笑《え》みを浮かべた。

「ミシェルとアレンをくっつけたいなら、こんな風に浮気などと騒がなくても、私が他の女と本当に浮気して婚約破棄すればよかっただけだと後から思いました。ですがその時はこれしか思い浮《う》かばず……。どうにも偏屈《へんくつ》で不器用な性格です。それに私がミシェルに熱を上げていたことも女性からもてないことも、周囲の者たちは知っていましたから」

自嘲《じちょう》するように両手で顔を覆《おお》った。

両手の指が震《ふる》えている。

テーブルの上でタイも震える。

サウザンをなぐさめたいのだろう。しかし話すこともできず、動けば気味悪がられるからできない。

だからユノが代わりに口にした。

「いつかミシェルさんでなくても、あなたを愛する女性が現れますよ」

サウザンが苦笑《くしょう》した。

「ありがたいお言葉ですが、なぐさめは結構ですよ。そんな女性はこの年になるまで一人も現れなかった。自分のことは自分が一番よくわかっていますから」

違《ちが》う。そういうことを言いたいのではない。

「このタイは魔具《まぐ》です」

テーブルの上のタイを示した。

「このタイはあなたのことを私たちにわかって欲しくて、魔力と邪気《じゃき》を併《あわ》せ持つ魔具になりました。ミシェルさんから贈《おく》られてあなたの許《もと》にあったのは、たった半年余りですよね？　それなのにあなたは悪くないと伝えるために、このタイは私の首を絞《し》めました」

「そんな、何てことを……」

サウザンの顔から血の気が引いた。

（しまった。言葉選びを間違えたわ）

「あの、違います。何ともなかったので大丈夫《だいじょうぶ》です。私が伝えたいことはそうではなくて――」

「短い間でも、そばにいたら人となりがわかるということだろう？」

エリアスがわかってくれたことに驚《おどろ》いた。

「そうです。タイは近くであなたを見ていました。短い期間で魔具になり、私を攻撃《こうげき》するほどあなたのことを誰《だれ》かにわかって欲しかったんです。それほどタイに思ってもらえるのだから、将来絶対にあなたを愛する女性も現れます」

「ああ、俺もそう思うよ」

横で、ディルクも笑みを浮かべて頷《うなず》いた。ルーベンもだ。

サウザンが無言のままユノたちとタイを見つめる。

やがて、

「……ありがとうございます」

絞《しぼ》り出すような声を出し、深く頭を下げた。

その時、タイがふわりと舞《ま》い上がった。先ほどまでと違う大きな動きで、ユノの許へひらひらと飛んできた。

突然《とつぜん》動いたタイにサウザンが目を見張る。

違う意味で、ユノも驚いた。タイはサウザンの許に戻《もど》りたいはずなのに、なぜ動いたのか。これ以上気味悪がられたら戻れないではないか。

（——ああ、そうか）

サウザンがタイを預けたのは気味悪かったのもあるだろうが、ミシェルを忘れるためだ。自分の気持ちに区切りをつけるため。

そうであれば、タイはサウザンの許へは戻れない。

(最初からわかってたんだ……)

役目を終えたら自分の望みは叶《かな》わないことを。

それでもサウザンの真意を誰かにわかって欲しかったのだ――。

ユノは夢中でサウザンに訴《うった》えた。

「どうかタイを手元に置いていただけませんか？　たまにかすかに動くかもしれませんが、もう決して伯爵《はくしゃく》を驚かせるような真似《まね》はしません。……このタイは確かにミシェルさんを思い出すかもしれませんが、でも伯爵をいずれ愛する人が現れるという証《あかし》にもなるはずです！」

膝《ひざ》の上で、タイが端《はし》を頭のようにもたげてユノをじっと見上げている。

その端がかすかに震えていた。

ディルクとルーベンが顔を見合わせて笑みを浮かべた。

「それがいい。とてもいい生地《きじ》だから、誰が贈ったなどは関係ないんじゃないか」

「名前も書いていませんし、この色は伯爵にとてもよく似合っていますからね」

呆気《あっけ》に取られていたサウザンがフッと笑い、ユノが差し出したタイを受け取った。

「実は、結構気に入っていたんですよ」

サウザンの手の中で、タイがかすかに身じろぎする。

端が小さく揺《ゆ》れる様は、まるで幸せに笑ったように見えた。


次の日、ユノたちはバレリー子爵家を再訪した。

サウザンのことを伝えると、ミシェルも両親も驚いていた。

「そうだったんですか……伯爵はそんなことを考えていらしたのですね」

「ありがたいとしか言葉が出てきませんわ……」

「ああ、本当だな……」

ミシェルも母も、そして父も目を潤《うる》ませたが、大きな声で感涙《かんるい》したのはこの間もいた母の友人である。

「私ったらすっかり勘違《かんちが》いしていて……恥《は》ずかしいわ！」

今日もいるなんてよほど仲良しなのだろう。そんなことを思いながら、ユノはサウザンからの言葉を伝えた。

「ミシェルさんに伝えて欲しいと言われました。『自分のことは気にしなくていいから早くアレンと結婚しろ』と」

「伯爵……」

ミシェルが両手で顔を覆った。指の間から嗚咽《おえつ》がもれる。

「何て優《やさ》しくて思いやり深い方なんでしょう！」

友人がさらに涙《なみだ》をまき散らした。

涙に濡れたバレリー一家と友人に丁寧《ていねい》に見送られて、ユノたちは宮殿《きゅうでん》に戻るため馬車に乗りこんだ。

「一時はどうなることかと思いましたが、解決してよかったです」

皆《みな》にとっていい結果かどうかはわからないけれど、少なくとも今選べる最良のはずだ。

「そういえば、ミシェルさんのお母様はご友人と仲がいいんですね。今日もいらっしゃいましたし」

ユノの言葉に、向かいに座るディルクが意味ありげに微笑《ほほえ》んだ。それでハッとした。

「もしかしてディルクが呼んだんですか？」

「そう。今日の午後にバレリー家を訪《おとず》れるとユノが言っていたから、事前に頼《たの》んでおいたんだ。一緒《いっしょ》に話を聞いてもらおうと思って」

「どうしてわざわざ――あっ」

ようやくわかった。

友人は話し好きのお節介《せっかい》好きだ。ほんの少ししか接していないユノでさえそう思うほど。

そんな彼女が泣いて感激していた。彼女は方々で話すだろう。サウザンがどんな人か、それこそ会う人ごとに。

「ミシェルと両親は自分たちから言いふらすような感じではなかったし、サウザン伯爵も今度の真実はわざわざ自分から言わないだろう。でも彼女は違う。すぐに広まるよ」

サウザンの真意が。

外見ではなく、実際に行動したその中身が。

ユノは微笑んだ。女性たちもそれを耳にするだろう。ユノの言葉は、思ったより近いうちに実現するかもしれない。

足を組み、無表情で小窓の外を見つめるエリアスの向かいで、ルーベンが嬉《うれ》しそうな声を出す。

「それにしても、タイを浄化《じょうか》できたのはユノが首を絞められても諦《あきら》めなかったからだな。さすが聖女だ」

「ルーベン、褒《ほ》め方が微妙《びみょう》だよ」

「はい？　心から真剣《しんけん》に褒めていますが？」

納得《なっとく》できない顔のルーベンにディルクが笑い、そして目を合わせようとしないエリアスに言う。

「でもルーベンの言う通り、ユノはよくやったよ。聖女にふさわしいと俺は思う。そう思わないか？」

皮肉を言われているとわかったのだろう。エリアスが無言で眉根《まゆね》を寄せた。

エリアスから聖女にふさわしいと思えないと言われたことを思い出したが、今はそんなことどうでもいいいと思える。

（タイが幸せになるといいな）

ミシェルが贈《おく》ったものだけれど、近い将来サウザンが誰かと結婚《けっこん》することになっても、サウザンならきっとタイを大事にしてくれるはずだ。

微笑んで小窓から外を眺《なが》めるユノを、エリアスがもの言いたげに見つめる。

そしてそんなエリアスを、ディルクが意味ありげに見つめていた。


馬車が奥の宮殿の門前に着いた。

先に降りたディルクは、ユノに手を貸そうと左手を出した。ユノがはにかむような笑顔でその手を取る。

この笑った顔がディルクは好きだ。

手を取ったまま進もうとしたら、

「皆様《みなさま》、お帰りなさい！」

「キーラさん、ただいま戻りました！」

ユノがパッと顔を輝《かがや》かせ、出迎《でむか》えるキーラのところへまっすぐ走っていってしまった。

とても残念だが、キーラが相手では仕方ない。そう思おうとしたのに、

「私は大司祭様に報告をして参ります」

とルーベンが言った後で、じっと見てきた。

「何だよ？」

「ユノがディルク様よりキーラを選んで残念でしたね」

「そんなことない」

「でも事実でしょう？」

「いや、違う」

「いいえ、事実です。それでは私は大聖堂へ参りますので、これで失礼いたします」

勝ち誇《ほこ》ったような顔をしてさっさと歩いていく。

（まあいい。後でもう一度言ってやるから。それより今は――）

前をいくエリアスに大股《おおまた》で追いついた。エリアスが眉根を寄せて振《ふ》り向く。

「何かご用ですか？　背後に立たれるのは苦手なんです」

「そうか。俺は苦手じゃない」

エリアスの眉間《みけん》の皺《しわ》が深くなった。

ユノとキーラは遥《はる》か前方を笑い合いながら歩いている。この距離《きょり》ならディルクたちの会話を聞かれる心配はない。

「ルーベンがこっそりと俺に言ったよ。サウザン伯爵《はくしゃく》は最初からタイが魔具《まぐ》と呼ばれることを知っていたようだ、と」

エリアスの表情は変わらない。

構わず続けた。

「だからサウザン伯爵になぜ知っていたのか聞いた。最初はためらっていたが、エリアスからだ、と教えてくれたよ。大聖堂を介《かい》してユノを紹介《しょうかい》してくれた、とも。そこでエリアス、なぜタイが魔具だとわかった？」

「僕は魔法使いですので、魔力を持つ魔具について多少の知識はあります。それだけですよ」

エリアスの素っ気ない態度は変わらない。だが逃《に》がすつもりはない。

「前代の聖女が浄化できなかった魔具と関係があるのか？」

途端《とたん》に、エリアスの表情が一変した。

どうやら当たりを引き当てたようだ。

「その魔具は壺《つぼ》だろう？」

ディルクの言葉に、エリアスが驚《おどろ》きを表情に出さないように努めているのがわかる。

大司祭に話を聞いてから調べたのだ。しかしどれだけ調べても、そんな記述はどこにもない。

諦めず司教の兄に頼み込み、代々の司教が受け継《つ》ぐ書物を見せてもらった。

そしてたった一つだけ、関係がありそうな記述を見つけた。おとぎ話といっていいほどの内容だが、その『神の書』にはこうあった。


今から百五十年ほど前、一人の魔法使いが魔法の壺を生み出した。

魔力を持つ壺は、いい魔法を次から次へと吐《は》き出すはずだった。これで幸せになれると人々は喜んだ。

しかしその壺が吐き出すのは、いい魔法ではなく悪い魔法だった。人々は嘆《なげ》き悲しんだ――。


寓話《ぐうわ》にしてもえらく抽象《ちゅうしょう》的だ。

それでも興味を引かれたのは、ちょうど前代聖女が存在した「百五十年ほど前」というところと、その内容だ。

「魔力を持つ壺」が「悪い魔法を吐き出す」。

まるで魔力と邪気《じゃき》を併《あわ》せ持つ魔具ではないか。

「壺の魔具は実在するんだな。どこにある？」

エリアスが険しい視線を送ってきた。ディルクがどこまで知っているか探《さぐ》るような目つきだ。

そこへ兵士がやってきた。

「エリアス様、フォーカス公爵がお呼びです」

フォーカスの名に、気持ち悪いものでも飲み込んだように胸の中がざわついた。

それを見逃《みのが》さず、エリアスがさっさと立ち去ろうとする。

「待て。話はまだ終わっていない」

「僕はただの侯爵《こうしゃく》家の息子《むすこ》で、一魔法使いに過ぎません。何も知りませんよ」

そして目を合わさず続けた。

「殿下《でんか》が言われているのは『神の書』の一説ですよね？　フォーカス公爵が先代の司教様と知り合いなので、子どもの頃《ころ》に一度こっそりと見せてもらったことがあります。ですがあれは、ただのおとぎ話ですよ」

窓の外は真っ暗だ。

エリアスが住むクルーガ侯爵家の館《やかた》は、裏手が深い森になっていることもあり、夜更《よふ》けは虫や小動物の鳴き声しか聞こえない。

エリアスは一階の居間で、勝手知ったる様子で美味《おい》しそうに葉巻を吸うフォーカス公爵と向かい合っていた。

フォーカスがゆっくりと煙《けむり》を吐き出しながら聞く。

「ユノ・ベリスターと行動をともにしてみて、彼女はどうだった？」

「普通《ふつう》です。浄化《じょうか》能力はまあありますが、他《ほか》に秀《ひい》でたところはありません。ユノに『あの魔具』を浄化するのは無理だと思います」

「相変わらず手厳しいな」

フォーカスが愉快《ゆかい》そうに笑い、すぐに笑《え》みを消した。

「しかしお前があれを封印《ふういん》するのは限界に近いのだろう？　国王陛下のおっしゃる通り、ユノに頼《たの》むより他はない。彼女の他に浄化魔法を持つ者はいないのだから」

そして、忌々《いまいま》しそうに舌打ちをした。

「あのディルク殿下と婚約《こんやく》するというから、早々に国王陛下の許《もと》から追い払《はら》いたかったが仕方ない。ユノをこちら側に取り込んだほうが何かと都合がいい。頼んだぞ」

フォーカスが底冷えのする目で、窓の外に視線をやる。

エリアスに見えるのは闇《やみ》だけだが、野心に燃えるフォーカスには何か見えているのか。

エリアスが暮らすクルーガ家は父一人子一人なので、館の中はとても静かだ。

母はエリアスが幼い頃に亡《な》くなり、使用人たちも昔から雇《やと》っている年配の者ばかりというのもあるだろう。

「それで父上の――クルーガ侯爵の容体はどうだ？」

「相変わらずです」

父は二十年前に体調を崩《くず》し、ずっと寝《ね》たり起きたりの生活をしている。

「そうか。暇《ひま》だと昔のことを思い出してしまうかもしれないな」

下卑《げび》た笑みを浮《う》かべた。

嫌《いや》な方向へ話が向きそうなので、さりげなく話題を変えた。

「ディルク殿下があの魔具について勘づいておられます。前代の聖女が浄化できなかった魔具はどこにあるかと聞かれました」

「そうか。勘《かん》のいい方だ。半王族のくせにな」

フォーカスが冷たく笑った。

フォーカスはディルクをよく思っていない。だから先ほどの「頼んだぞ」の言外に含《ふく》む内容を、エリアスはよく承知している。

「そうですね。だからこそ先日、百五十年前から存在するあの魔具を封《ふう》じるのはもう限界だと、国王陛下に進言したのですから」

国王は青ざめた顔で、すぐにあの魔具の浄化をユノに頼むと言っていた。

そして——。

「僕はユノと結婚します。『聖女』の血を絶やさないために」

あの魔具のことを伝えれば、ユノはそうするしかなくなる——。

エリアスの言葉に、フォーカスが満足したように笑った。

「これでクルーガ家も安泰《あんたい》が続く。よかったじゃないか。父上も喜ぶだろう」

「ありがとうございます」

感情を押し込めて機械的に頭を下げた。そして居間を出た。

扉《とびら》を閉める直前に振り返ると、フォーカスが葉巻を手にくつろいでいた。一体誰《だれ》の館なのかと聞きたくなる。

それでもいつものように、エリアスと父しか入れない隠《かく》し部屋に入り、地下への階段を下りた。

目の前に金属製の大きな扉が現れた。

取っ手も何もない一枚の頑丈《がんじょう》な扉は、奥の宮殿《きゅうでん》にある魔具《まぐ》部屋の扉とよく似ている。

（まただ）

途端に気が重くなった。扉には隙間《すきま》なんてないのに、中から邪気が漏《も》れ出している。タイのものとは比べ物にならないほど、強力で凶悪《きょうあく》な邪気が。

この中に前代の聖女が浄化できなかった魔具――『災厄《さいやく》の壺』がある。

エリアスは子どもの頃に、この壺を封印する役目を父から受け継いだ。それ以来ずっと一人で封印し続けてきた。

肉体的にも精神的にも、もう限界が近い。

それでもこの役目を代われる者は他に誰もいない――。

深い疲《つか》れた息を吐いて、エリアスは扉に右手を当てた。魔力を集中させる。光る封印文字が浮かび上がり、静かに扉が開いた。

ゾッとするほど重々しい邪気がエリアスの体を包み込んだ。

【第三章】 二人の距離は

ユノはキーラと一緒《いっしょ》に魔具部屋の掃除《そうじ》をしていた。侍女《じじょ》だった時から変わらない日課である。

半地下にあるため、天井《てんじょう》近くの窓の上半分から日差しが降り注ぐ。

棚《たな》の埃《ほこり》を落とし、木箱の中の魔具たちを出して一つ一つ丁寧《ていねい》に乾《かわ》いた布で拭《ふ》いていく。

箒《ほうき》で床《ゆか》を掃《は》くキーラに聞いた。

「キーラさん、男性への贈《おく》り物は何がいいでしょう？」

婚約式の日に、ディルクに何かプレゼントをしたいのだ。

今までたくさんのものをもらった。指輪はもちろん、今着ている聖女の白いサテン生地《きじ》のドレスもそうだ。首元と袖《そで》の部分に、青地に金糸の刺繡《ししゅう》の入った装飾《そうしょく》がされている。

皆《みな》が似合うと褒《ほ》めてくれて、とても嬉《うれ》しかった。

だからユノも何か返したい。

「それってディルク様のことでしょう。あっ、わかった。婚約式の時に何か贈るのね？」

「はい。何か身に着ける物がいいかなと思うんですが」

「素敵《すてき》じゃない！　ユノの選んだものなら何でも喜ばれると思うけど、残念ながら私は男性への贈り物なんて父にしかしたことがないのよ」

「お父さんにいいですね。何を買ったんですか？」

「お酒よ。父はお酒が大好きだから。帰省の際に買っていったら、王都の酒だ、都会の味がする！　と大喜びだったわ。でもユノの参考にはならないわね……うーん」

キーラにどことなく似た父が、喜んで酒瓶《さかびん》を手にした場面を想像すると楽しい。

笑顔で、拭き終わった書物を木箱に収めた。

次の魔具を手に取ろうとすると、

（あれ？　手鏡がないわ）

表紙が破れた書物の横にあるはずの、赤い手鏡が消えていた。

（下のほうに落ちたのかな？）

木箱を探《さぐ》るも見当たらない。ユノの祖母世代が使っていたくらいの古いもので、裏面に薔薇《ばら》の花が彫《ほ》られている。

ここに収められた魔具の中では高級品でなく、そこらの露店《ろてん》で売られているような木製の手鏡だ。

平民用の素朴《そぼく》な作りだが、手になじむ感触《かんしょく》がユノは気に入っていた。

それに裏面全体に蠟《ろう》が丁寧に塗《ぬ》られていて、高級品ではなくても大切に扱《あつか》われていたとうかがい知ることができた。

不思議なのは鏡面が真っ黒に変色していて、どれだけ布でこすっても取れないところだけれど。

その手鏡がどこにも見当たらないのだ。

「キーラさん、ここにあった赤い手鏡を知りませんか？」

「知らないけど――まさか動いてどこかへいったの？」

キーラの顔が引きつった。

そうなのだろうか。しかしここへきた時、木箱の蓋《ふた》はきっちりと閉まっていた。夜中に室内で音がしたという報告も受けていない。

他《ほか》の木箱の中や棚の中、部屋の隅《すみ》など捜《さが》したがどこにもない。

（扉には封印の鍵《かぎ》がかかっていたわ。ということは、突然《とつぜん》消えたということ？）

困惑《こんわく》するばかりだ。気を取り直してもう一度捜そうとした時、外から扉を叩《たた》く硬《かた》い音が聞こえた。

「ひいいっ！」

怯《おび》えていたキーラには絶妙《ぜつみょう》なタイミングだったようだ。

しかし聞こえてきたのはディルクの声で、

「ユノ、国王陛下がお呼びだよ。俺と一緒に、すぐに宮殿の金の間へきて欲しいと」

国王が何のご用だろう。

ユノはキーラと顔を見合わせた。


国王の宮殿にある金の間は、文字通りきらびやかな間である。

壇上《だんじょう》にある玉座や燭台《しょくだい》にも、金をふんだんに使ってある。

ディルクと並んで頭を下げて待っていると、背後で扉が開く音がした。

護衛たちの他に横を通り過ぎていく足は国王一人だけではない。もう一人いる。

「顔を上げよ」

緊張《きんちょう》しながら従うと、穏《おだ》やかな笑《え》みを浮《う》かべて玉座に座る国王の姿があった。

そして驚《おどろ》いたことに、一緒に現れたのはエリアスではないか。ユノの手伝いは国王からの命令だと聞いたが、それほど親しいのか。

驚くユノの隣《となり》で、ディルクが何か言いたそうな顔でエリアスを見た。

国王がユノに言う。

「魔具を浄化《じょうか》したそうだな。聖女の称号《しょうごう》を授《さず》けただけのことはある。私も嬉しいよ」

「もったいないお言葉にございます……！」

国王から認められた。頑張《がんば》った甲斐《かい》があった。とても嬉しくて勢いよく頭を下げた。

「二人をここへ呼んだのは、折り入って頼《たの》みがあるからだ」

「頼みですか。ユノを呼んだということは、前代の聖女でも浄化できなかったという魔具と関係がありますね？」

ディルクの言葉に、ユノははじかれたように顔を上げた。

何だ、それは。そんなの初耳だ。

「それに、そこにいるエリアスとも」

ディルクの今度は引かないと言いたげな鋭《するど》い視線に、国王が諦《あきら》めたように頷《うなず》いた。

「そうだ。限られた者しか知らないことだが、百五十年前から存在する邪悪《じゃあく》な魔具がある。前代の聖女でさえ浄化できなかったほどの強大な魔力と邪気《じゃき》を併《あわ》せ持つものだ。我々《われわれ》はそれを『災厄の壺《つぼ》』と呼んでいる」

（前代聖女様が浄化できなかったほどの魔具……？）

そんなものが一体どこにあるのだ。魔具部屋にはないはずだ。

「この百五十年間ずっと、ある場所に封印《ふういん》してある。代々その封印魔法を行っているのがクルーガ家の者で、今現在はこのエリアスだ」

（エリアス様が!?）

だからユノの手伝いを命じられたのか。確かに硬質《こうしつ》化したタイを簡単に封じていた。

しかし、

「なぜ封印の役目を負うのがクルーガ家なんです？」

ディルクの質問はもっともだ。もっと位の高い魔法《まほう》名門家はいくつもある。クルーガ家でないといけない理由は何だ――。

「それは、クルーガ家が前代聖女の血筋だからだ」

ユノは息を呑《の》んだ。隣でディルクも驚いた顔をしている。

ではエリアスは前代聖女の子孫なのか。

(前に、大司祭様から聞いたことがあるわ。前代聖女様の子どもたちは浄化魔法の能力を持っていなかった、と。けれどとても高い魔力を持っていて、前代聖女様が賜《たまわ》った爵位《しゃくい》を立派に継《つ》いだのよね)

だからその高い魔力で、災厄《さいやく》の壺を封印できたのだ。

ディルクも同じことを考えたようで、

「子孫の一人娘《ひとりむすめ》が行方《ゆくえ》知れずになって血が途絶《とだ》えたと聞きましたが、嘘《うそ》だったのですか？」

「嘘ではない。一度は行方をくらましたと聞く。しかし見つかり、連れ戻《もど》されたそうだ。そして彼女は元通りにクルーガ家で生涯《しょうがい》壺を封印する役目を担《にな》った」

「――では血が途絶えたというのは、災厄の壺のことを秘密にしたい当時の国王と、それを担ったクルーガ家の者たちがついた嘘だったのですね」

ディルクが悔《くや》しそうに言った。

(どういうことなの……?)

ディルクと違《ちが》い、情報の多さに頭がついていかない。

それでも混乱しながらも必死に聞いたことを理解しようとするユノに、国王が真剣《しんけん》な顔で告げた。

「エリアスによると、このところ災厄の壺の邪気が急激に強まってきているそうだ。これまでは魔力で完全に封じられていた壺が動き始めたと。このままでは危険だ。そこで聖女に命じる。早急《さっきゅう》に、災厄の壺を浄化するのだ」


災厄の壺が封じられているのはクルーガ家の地下室とのことだ。

エリアスの案内で、ユノはディルクと一緒《いっしょ》に馬車で向かった。

(前代聖女様でさえ浄化できなかったほどの魔具……それを私が浄化できるの?)

不安が高まる。しかも邪気が高まっていると言っていた。おそらく今までユノが浄化してきた魔具たちとは格が違うのだろう。

(それにしても——)

隣で足を組み、無言でエリアスをにらんでいるディルクの横顔を見上げた。

出発前にエリアスが言ったのだ。

『詳《くわ》しいお話は、実際に災厄の壺をご覧になってからのほうがよろしいかと。そのほうが二度手間を防げますので』

質問《しつもん》攻《ぜ》めにしようとしていたディルクへの先制攻撃《こうげき》だった。ディルクもその通りだと思ったようで、渋々《しぶしぶ》口を閉じた。

そして今も閉じ続けている。

(ディルクは災厄の壺のことを知っていたのね)

全《すべ》てではないけれど知識があった。

(どうして私には教えてくれなかったんだろう？)

ユノのことを心配したからかもしれない。ディルクのことだからきっとそうだ。ディルクはとても優《やさ》しいから。けれど――。

(教えて欲しかったな)

そんな思いが拭《ぬぐ》えない。

ディルクの横顔をじっと見つめるユノに、エリアスがチラリと視線を寄越《よこ》した。

「到着《とうちゃく》いたしました！」

御者《ぎょしゃ》の声に馬車を降りた。大きな鏡と銀の燭台が飾《かざ》られた玄関《げんかん》ホールを抜《ぬ》けて、分厚い絨毯《じゅうたん》の敷《し》かれた廊下《ろうか》を進む。

「地下室へはここから下ります」

エリアスと父親のクルーガ侯爵《こうしゃく》しか知らないという、地下に通じる隠《かく》し部屋を抜けた。

階段に差しかかった途端《とたん》、身震《みぶる》いするほどの邪気を感じてユノはゾッとした。

邪気は階段の下から流れてくる。薄暗《うすぐら》くてよく見えないが、この下が地下室なのだ。

(災厄の壺は封じられているはず。それでもこれほど強いの？)

しかも今まで感じたことがないほど禍々《まがまが》しい。

「壺の邪気を感じるんだな。安心したよ」

怯《おび》えるユノに、エリアスが素っ気なく言った。

階段の下には、魔具部屋とよく似た頑丈《がんじょう》な鉄の扉《とびら》がそびえ立っていた。取っ手のない、のっぺりとした一枚扉だ。

「この中に災厄の壺があります」

息を呑むユノとディルクに、

「扉を開けます。いいですね」

エリアスが扉に手を添《そ》えると、何もない扉の表面に光の文字が次々と浮かび上がった。

(魔具部屋の封印魔法と違うわ)

エリアス——前代聖女の血を引くクルーガ家の者にしか使えない特別な封印なのかもしれない。

中にある魔具の強烈《きょうれつ》さがうかがい知れて、ユノは拳《こぶし》をギュッと握《にぎ》り締《し》めた。

扉がゆっくりと開いていく。

恐《おそ》る恐る足を踏《ふ》み入れる。石造りの壁《かべ》と床《ゆか》でできた室内は広い。壁に取りつけられた燭《しょく》台《だい》の火に照らされて、床の中央に大きな魔《ま》法陣《ほうじん》が描《えが》かれているのが見えた。

陣の中心には、一抱《ひとかか》えほどもある陶器《とうき》の壺が鎮座《ちんざ》していた。側面をぐるりと取り囲むように金で装飾《そうしょく》がされた黒い壺だ。

（これが災厄の壺なのね……）

魔法陣で抑《おさ》えているのに、壺を取り巻く邪気は扉の外にいた時とは段違いに強い。あまりの禍々《まがまが》しさに背筋が冷たくなった。

不意に、壺がこちらを見た気がした。

おかしな話だ。壺には目などないのだから。それでもなぜかそう感じた。

その瞬間《しゅんかん》、壺が左右にゆっくりと揺《ゆ》れ始めた。ガタ、ガタ、ガタ……と、まるで獰猛《どうもう》な獣《けもの》が獲物《えもの》を見つけて跳《と》びかかる前段階だ。

（捕捉《ほそく》されたの……？）

目標物のように。

（逃《に》げないと！）

そう思うのに恐怖《きょうふ》で足が動かない。そんなユノを嘲笑《あざわら》うかのように壺が跳躍《ちょうやく》した。

一瞬のことだった。何が起こったのか認識《にんしき》する間もなく、目の前に壺のつるりとした側面があった。

(ぶつかる⁉)

壺《つぼ》がくるりと回り、自ら向きを変えた。壺の口がユノの顔の前にある。口自体はユノの広げた右手より小さいはずなのに、なぜか大きく見えた。

その中は真っ暗な闇《やみ》だ。何も見えない、底なしの闇。

「ユノ⁉」

ディルクの切羽《せっぱ》詰《つ》まった声が聞こえた。

(嫌《いや》、助けて——！)

壺の暗い口を目の前にして、恥《はじ》も外聞もなく体の底から叫《さけ》んだ。

怖《こわ》い。こんなもの見たことがない。この世のものではない。

ディルクが咄嗟《とっさ》に剣《けん》を抜き壺を振《ふ》り払《はら》おうとしたが、刃先《はさき》が壺に到達《とうたつ》しないまま強い力で跳《は》ね返された。

「くっそ……なぜ⁉」

ディルクが驚愕《きょうがく》している。それもそのはず、今まで戦場の修羅《しゅら》場《ば》をくぐり抜けてきた頑丈でしなやかな刃《やいば》が真っ二つに折れていたからだ。

ユノの頭が首のあたりまで壺の口に吸い込まれた。視界が真っ暗になり、吐《は》き気がするほどの寒気を感じた。

「一体どうなってるんだ!?　ユノ！」

ディルクの叫び声が遠くに聞こえた時、脳裏《のうり》に光景が浮《う》かんだ。

壺が見せているのだとわかった。しかしいつもの緩《ゆる》やかに流れるものではない。まるで頭を摑《つか》まれて、無理やり映像を流しこまれているような強烈なものだ。

（あれは――国王陛下の宮殿《きゅうでん》？）

見覚えがある光景だ。国王の宮殿の謁見《えっけん》室だろう。

調度品は今と違い、豪華《ごうか》だが時代が古いものばかりだ。

玉座に座るのは見たこともない国王。

そしてその前に、ローブを着た魔法使いの男が膝《ひざ》をついている。彼の手には災厄《さいやく》の壺があった。

『陛下、ご所望《しょもう》の魔具の壺ができあがりました。どうぞお納めください』

魔法使いがうやうやしく壺を差し出した。

国王が満足そうな笑《え》みを浮かべ、周囲の重鎮《じゅうちん》たちが拍手《はくしゅ》を送る。

『素晴《すば》らしい！　さすがは当代随一《ずいいち》と呼ばれる魔法使いだ』

『まさか本当に魔具を作り上げてしまうなんて、天才の所業だな』

そんなことができるのか――。

それでは災厄の壺は、国王の命によりこの魔法使いの男が作ったものだったのだ。

魔法使いが床に頭を擦《こす》りつけて言う。

『とんでもない。私はただ、もともと邪気《じゃき》の強い魔具にさらに秘術を加えて強力に仕上げただけでございます』

『いや、よくやった。褒《ほ》めてつかわす。早くこの壺の使い方を教えよ』

『はい。今すぐに』

魔法使いがフードの奥でニヤリと笑った。嫌な笑みだ。なぜかゾワッと寒気がした。

壺がガタ、ガタと左右に揺れ始めた。

先ほどユノがされたのと同じ動きだ。

(危ない、逃げて!)

咄嗟に叫んだが、誰《だれ》にも聞こえない。

壺のすぼまった口がゆっくりと広がっていく。そして――。

壺の口に兵士が吸い込まれた。

文字通り、吸い込まれたのだ。

壺の口は広がったとはいえ、明らかに兵士の頭より小さい。それなのに音もなく、屈《くっ》強《きょう》な体が吸い込まれて見えなくなった。

壺がガタガタと揺れる。先ほどより大きな動きだ。まるで蛇《へび》が自分の体より大きな獲物を飲み込み、消化していくように。

（何、これ……）

壺が人を呑《の》み込んだ。いや、食べた。吐き気がするほどおぞましい光景だ。

場は大騒《おおさわ》ぎになった。

『何だ、どうなっている⁉』

『うわああっ！　助けてくれ――っ！』

逃げ惑《まど》う重鎮たちや、蒼白《そうはく》な顔で剣を向ける兵士たちが次々に壺の中へ吸い込まれていく。

あまりの惨状《さんじょう》に言葉が出ない。

魔法使いの男は顔を歪《ゆが》めて満足げに笑っている。止める気はないようだ。というより、こうなるように彼が仕向けたのだとわかった。

（どうして？　どうしてこんなことをするの⁉）

ユノの悲痛な叫びは彼には聞こえない。

地獄《じごく》のような光景の中、すでに六人ほどが吸い込まれた。

兵士たちの刃は壺には届かない。届く直前で跳ね返され、次々に刃が折れていく。

（ディルクの剣と一緒《いっしょ》だわ……）

『あの魔法使いを討《う》て！　早くせよ！』

国王の裏返った声とともに、ようやく一人の兵士が魔法使いの男を討ち取った。

彼が死んだことで壺の動きが緩慢《かんまん》になり、人を呑み込むのは止《や》んだ。

だが、まだガタガタと左右に動いている。

『その壺を何とかせよ！』

他《ほか》の魔法使いたちが全員飛《と》び出した。

その隙《すき》に謁見の間の奥の扉《とびら》から、兵士たちに守られた国王が脱出《だっしゅつ》した。細い通路を走りながら青い顔でつぶやく。

『なぜだ。最強の魔具があれば、我が国の力になると思ったのに。侵略《しんりゃく》してくる他国から国を守れると……』

隣《となり》を走る老重鎮が、息を切らしながら蒼白な顔で答えた。

『あの魔法使いの男は僻地《へきち》の村の出身です。何年にも亘《わた》って陛下への貢《みつ》ぎ物をせず、国軍が滅《ほろ》ぼした村の──』

『何だと!?』

『しかし滅ぼした時には、あの男はすでに村を出て宮廷《きゅうてい》魔法使いとして陛下に忠誠を誓《ちか》っておりました。それに故郷の村にいい思い出もなかったと聞きましたので、安心しておりましたが……違《ちが》ったようです』

苦い口調だ。

男は国に対する恨《うら》みをずっと持ち続けていたのか。

国王が頭を抱《かか》えて呻《うめ》いた。そして老重鎮に命じた。

『魔法使いたちだけでは無理かもしれない。聖女を呼んでくるのだ。即刻《そっこく》、あの邪悪《じゃあく》で凶《きょう》悪《あく》な壺を浄化《じょうか》せよと』

(聖女！　じゃあこれは百五十年前の出来事なんだわ)

ということは、この後国王に呼ばれた前代聖女は災厄の壺を浄化できなかったのだ。

当然である。思い出すだけでも、背筋が冷たくなるほどの魔具なのだから。

だからやむなく封印《ふういん》した。

そしてその封印魔法《まほう》は、子孫であるクルーガ家の者たちに受け継《つ》がれたのだ――。


「ユノ！」

ディルクの悲鳴のような声にハッと我《われ》に返った。

辺りは真っ暗闇《くらやみ》だ。戸惑《とまど》って思い出した。そうだ、自分は壺に吸い込まれかけているのだ、と。

脳裏《のうり》に見えた過去の光景で、壺は人を次々に呑み込んでいた。

心の底から震《ふる》えがきたが、

「この壺はどうなっている！　ユノ、無事か⁉」

頭に受けた衝撃《しょうげき》から、ディルクが何とか壺を離そうとしてくれているとわかった。

(駄目《だめ》、ディルクまで吸い込まれてしまう！)

自分が呑まれるとわかった時よりも遥《はる》かに恐《おそ》ろしい。

ユノは力いっぱいディルクの体を押した。視界が真っ暗なので体のどこを押しているのかわからない。それでもディルクを壺《つぼ》に呑み込ませるわけにはいかない。

「ユノ、やめろ！」

ユノの意図がわかったらしいディルクが、悲痛な声を上げた。

その時だ。不意に壺の動きが止んだ。

何か強い力に抗《あらが》うように、小刻みに揺《ゆ》れながら離《はな》れていく。

頭が壺から抜《ぬ》けて視界がクリアになった。ユノの目の前で、壺がゆっくりと魔《ま》法陣《ほうじん》の中央へ戻《もど》っていった。

(助かったのね……)

泣きたいくらい安堵《あんど》したが、なぜ突然《とつぜん》壺が離れたのかわからない。

ふと、エリアスの苦しそうな息遣《いきづか》いが聞こえた。

はじかれたように視線を向けると、エリアスが顔を歪めて両手を壺に向けていた。よく見れば、壺の下が小さく光っているではないか。

（あれは封印魔法！）

ここの扉を開けた時に見たものと同じ魔法文字が、壺の下部分で発光していた。

（すごいわ）

かなりの魔力を要すると見ただけでわかる。壺に向けたエリアスの手の甲《こう》には青筋が浮《う》かび、目が充血《じゅうけつ》していた。

壺はまだ諦《あきら》めきれないように小刻みに動いているが、それでも魔法陣の中央から移動することはない。

カタカタと壺が床《ゆか》に着いては離れる硬《かた》い音にゾッとしながらも、安堵が体を包んだ。

「あっ、ありがとうございます……」

かすれた声でエリアスに礼を言った。

ディルクが低い声で聞く。

「今のは何だ？　壺がユノを食おうとしたのか？」

「――そうです。百五十年前も、何人もが壺に食われたと聞きます」

（さっき見えた光景だわ！）

ユノが二人につっかえるように見たものを説明すると、エリアスが重々しく頷《うなず》いた。

ディルクは絶句していたが、やがて呻くように、

「この壺が、当時の国王の命令で作られた魔具なのか。まさか人を食うなんて……」

「お言葉を返すようですが、食うのは人だけではありませんよ」

「どういう意味だ？」

動物も、ということか？　戸惑うユノたちに、エリアスがジャケットの内ポケットから何かを取り出した。

「その手鏡！　エリアス様が持っていたのですか？」

思わず声を上げていた。魔具部屋からなくなったと思っていた、あの赤い手鏡だったからだ。しかしエリアスは表情一つ動かさない。

（まさか魔具部屋からわざと持ち出したの？　一体どうして？）

エリアスが壺に向かって手鏡を放《ほう》り投げた。

「嘘《うそ》……やめてください！」

心臓が縮み上がった。

災厄《さいやく》の壺は人を呑み込む。人だけではないとエリアスは言った。その意味は――。

脳裏に見えた光景同様、手鏡が壺の細い口に吸い込まれた。

陶器《とうき》製の壺の中に落ちたのに、カランという乾《かわ》いた音も何もしない。無音だ。

次の瞬間《しゅんかん》、バリバリッ！　と割れるような音がした。まるで何か硬い物を、それ以上の力で無理やり噛《か》み砕《くだ》いているような音だ。

（まさか――）

体の芯《しん》から寒気がした。

「あの壺は他の魔具も食います。正確に言えば、その魔具の魔力と邪気《じゃき》を。食って取り込み、自分のものにしてしまうんです」

「そんな恐ろしいこと……！」

「事実です」

魔具が魔具を食べてしまうなんて。おぞましさに震えが止まらない。

けれど、手鏡はどこかの誰《だれ》かから預かった大切な魔具だ。その誰かに大切にされていて、そしてユノに伝えたいことがあったはずなのに。

急いで駆《か》け寄ろうとしたユノの腕《うで》を、エリアスが強い力で摑《つか》んで止めた。

「無駄《むだ》だ。魔力と邪気を吸収された魔具はもう魔具じゃない。ただの抜け殻《がら》だ。それに本体も無事では済まない」

「そんな……」

言葉を失うユノの前で、壺がまた左右にコトコトと揺れた。体の中の余分なものを吐《は》き出すように、何か細かいものが口から勢いよく飛び出す。

（あれは手鏡の破片《はへん》？）

赤色の木片が壺の周りに散らばった。その姿は残骸《ざんがい》でしかない。

「嘘っ……!?」

瞬間、またも壺が動き出した。口を大きくすぼめ、広げる。真っ黒な邪気がそこから立ち上るのが見えてゾッとした。

同時に、ユノの体がふわりと宙に浮き上がった。

（今度こそ完全に呑《の》まれてしまう⁉）

必死に抗おうとするユノの体を、ディルクが懸命《けんめい》に摑んだ。

百五十年前の人々や先ほどの手鏡と同じようになってしまうのか。

（嫌《いや》、やめて‼）

両手を壺に向け、死に物ぐるいで封印魔法を放った。

しかし壺の力は止まらない。

（私の封印魔法では効かないんだわ……）

エリアスの魔法しか。無力感に苛《さいな》まれるユノの前で、エリアスが呪文《じゆもん》を唱えた。

壺の力が消えて、ようやくユノは解放された。

安堵のあまり体中から力が抜ける。床にへたりこむユノをディルクが慌《あわ》てて支えた。

（何なの、これ……？）

怖《こわ》い。少しでも気を抜けば、壺はまたすぐに襲《おそ》い掛《か》かってくるだろう。けれど自分では抑《おさ》えることもできない。

今まで接してきた魔具とは違《ちが》う。これほど怖《おそ》ろしいものは見たことがない――。

「これでわかっていただけましたか？」

ユノは力なく顔を上げた。

エリアスが手鏡を呑ませたのはわざとだろう。ユノたちに壺の恐ろしさをわからせるために。

ひどいと抗議《こうぎ》したいけれど、壺の恐ろしさに圧倒《あっとう》されて言葉が出ない。

（国王陛下に認めていただけたと、いい気になっていたんだわ……）

失望感が込み上げた。

ユノたちを見下ろすエリアスの表情は、いつものように冷たい。切れ長の目には何の感情もこもっていないように見えた。

いや、そんな訳がない。この怖ろしい壺を一人で封印《ふういん》してきたのだ。何も思っていない訳がない。

この人は一体何を考えているのだろう。床に座り込んだまま呆然《ぼうぜん》と思った。

突然《とつぜん》、エリアスが激しく咳《せ》き込んだ。口元を袖《そで》で押さえる。

咳《せき》が治まり、離した袖にはかすかに血が付着していた。

目を見開くユノたちに、

「膨大《ぼうだい》な邪気にさらされることも強力な封印魔法も、体を酷使《こくし》します。おまけにクルーガ家の者は、代を経るにつれて魔力量が減ってきている。前代聖女の血が薄《うす》まってきたのでしょう。百五十年前にこの役目を受け継《つ》いだ頃《ころ》とは違い、ここ数十年に封印に関《かか》わった者たちは短命です。僕の前に役目を担《にな》っていた父も今は病床《びょうしょう》に臥《ふ》せっていて、起き上がるのがやっとの生活です。僕もそろそろ限界が近い」

淡々《たんたん》とした口調が、何より残酷《ざんこく》な事実を物語っていた。

「それでも代々の国王陛下から直々に、この役目を賜《たまわ》ったクルーガ家は光栄だと思っています」

想像もしていなかった状況《じょうきょう》に言葉も出ない。

ユノたちをエリアスが見据《みす》えた。

その目には、今まで見たこともないほど強い光が宿っていた。

「前代聖女でも浄化《じょうか》できなかった魔具《まぐ》だと、国王陛下がおっしゃったはずです。実際に見ればどうにかなると、それほど甘いものとお考えでしたか？」

鋭《するど》い口調が、心に深く突《つ》き刺《さ》さった。

これは本音だ。まぎれもない本音。エリアスは憤《いきどお》っているのだ。

それは寿命《じゅみょう》を短くしてまでこのような役目を賜った血筋のせいなのか、何も知らず呑気《のんき》に過ごしていたユノたちへの怒《いか》りなのかわからない。

ユノは自分が震《ふる》えているのがわかった。

せめて立ち上がりたいのに、体に力が入らない。

エリアスの言う通りだと痛感した。

もちろん油断などしていなかったし、甘く考えてもいなかった。

けれど心のどこかで楽観していた気がする。

怖ろしいといっても魔具なのだ。だからこれまでと同様、頑張《がんば》って過去の光景を見せてもらい周囲の人たちに話を聞けば何とか浄化できるだろう、と。

まさか災厄の壺《つぼ》がこれほど凶悪《きょうあく》で残酷だとは、微塵《みじん》も思っていなかった。

こんなものを自分が浄化するなんてとても無理だ――。

呼応するように、ディルクのユノの背中に添《そ》えられた手にも力がない。

打ちのめされた二人を見下ろし、エリアスが口を開いた。

「僕に限界がきたら、この壺は野放しになります。そうしたらどれほど怖ろしい事態になるか。しかし前代聖女の血が薄まっている今、僕が誰か魔法使いの女と結婚《けっこん》して子どもを作ったとしても、その子が壺を長年封印できるほどの魔力を有するとは思えません」

何も考えられず、呆然と見上げるユノたちに続ける。

「魔力は遺伝です。前代聖女の結婚相手は稀代《きたい》の魔法使いだった。だからこそ二人の子どもたちは、高い魔力を持って生まれたのです。前代聖女の濃《こ》い魔力に近づけないと未来はない。ゆえにこの災厄の壺を浄化できなくても、これからも封印し続けるにはせめて聖女の血が必要なんです」

エリアスがユノをじっと見下ろした。

「そのための方法はただ一つ。僕がユノと結婚して子どもを作ることです」

(結婚……子ども?)

想像すらしていなかった言葉に、頭の中が真っ白になった。

「はあっ?」

ユノより先に、抗議の声を発したのはディルクだ。

しかしエリアスが無視して淡々と続ける。

「災厄《さいやく》の壺の封印魔法は僕にしか使えません。これ以外に道はないでしょう」

ディルクが怒りに顔を染めて立ち上がった。

「何をふざけたことを言っているんだ。そんなこと了承《りょうしょう》するわけがないだろう」

「では国王陛下の命令はどうなさるおつもりですか?」

ディルクがグッと言葉に詰《つ》まった。

「陛下はユノに、災厄の壺を浄化するようにと命を下されました。前代聖女の例がありますから、浄化が無理なのは仕方ないとお思いになるでしょう。ですが壺の封印は絶対です。ディルク殿下《でんか》と結婚して、果たしてそれは可能でしょうか」

「それは――いや、それでも納得《なっとく》できない」

ディルクが強い目でエリアスをにらんだ。

ユノは呆然とエリアスを見上げた。

（私とエリアス様が結婚？　子どもを作る？）

何を言っているのだ。そんなことは絶対に無理だ。

エリアスの言葉は理解できる。災厄の壺の恐《おそ》ろしさも充分《じゅうぶん》理解した。他《ほか》にいい方法も思いつかない。

けれど無理だ。嫌なのだ。

だってユノが想《おも》うのはディルクなのだから。

ディルクも同じ思いのようで、力強い目を向けてきた。よかったと安堵《あんど》する。

そんなユノたちにわがままな子どもにでも接するように、エリアスの口調が変わった。

「ディルク殿下はこの壺を浄化しようとした前代聖女がどうなったか、考えたことがおありですか？」

「――何だと？」

「前代聖女に浄化は無理だった。そんな数行の事実しか今は残っていません。そこに至るまでの努力や代償《だいしょう》は何も残っていないのです」

ディルクが息を呑む。

「僕は五歳の頃に、父から封印の役目を受け継ぎました。だからこの壺の恐ろしさをよく知っています。前代聖女は結果的に浄化できなかっただけで、何度も試みたはずです。国王の命ですからそれこそ数えきれないほど。そのたびに無傷では済まなかったでしょう。その時に負った彼女の怪我《けが》の具合や精神状況を、殿下は考えたことがありますか？」

残酷な真実に、ディルクの肩《かた》が大きく震えた。

そんなディルクをエリアスが見据える。

「災厄の壺と対峙《たいじ》するのは聖女です。壺は聖女を狙《ねら》います。一番被害《ひがい》を受けるのはユノですよ」

「エリアス様、やめてください！」

思わず声を上げていた。

ディルクはユノを心配しているのだ。これ以上言ったら——。

ディルクの顔が青ざめている。ユノは慌《あわ》てて言った。

「私は大丈夫《だいじょうぶ》ですから。聖女なんです。何とかしますから」

本音は壺が起こした惨状《さんじょう》に不安しかないし、どうすればいいかも全くわからない。けれどこう言うより他ない。ディルクにこれ以上心配をかけたくない。

だが声音《こわね》は正直で、自分でも力がこもっていないとわかった。

ディルクにもわかっただろう。

(でも何とかするのよ。絶対に)

必死に自分に言い聞かせた。

立ち尽《つ》くすディルクの許《もと》へエリアスが近寄ってきた。ゆっくりと教え込むように告げる。

「僕なら、あの壺からユノを守れます」

ディルクの顔が泣きそうに歪《ゆが》んだ。

今まで見たことがないような、打ちのめされたような表情だ。

「ディルク――」

嫌《いや》な予感が込み上げた。しかしそんなはずはない。いつも強くてユノを元気にしてくれるディルクが、こんなことで諦《あきら》めるはずがない。

しかしその瞬間《しゅんかん》、壺がまたもガタガタと動き始めた。

すぼまった口がゆっくり開いていく。呑《の》まれかけた時の恐怖《きょうふ》を思い出して、心底ゾッとした。

「ここを出ましょう」

エリアスが素早《すばや》く言った。

急いでディルクと一緒《いっしょ》にそれに続くも、壺が自分を見ているのがわかった。先ほどと同じだ。獲物《えもの》として捕捉《ほそく》されている。

冷汗《ひやあせ》が噴《ふ》き出した。泣きたい気持ちで必死に扉《とびら》へ走る。

エリアスが扉を閉める直前、壺がユノ目掛《めが》けて邪気《じゃき》を吐《は》き出した。目の前が暗くなるほどの量だ。

（嫌っ‼）

咄嗟《とっさ》に両手で頭を覆《おお》った。

その前にエリアスが立ちはだかった。以前の硬質化《こうしつか》したタイの時と同じく、右手の人差し指で宙に素早く魔法《まほう》文字を書く。

文字が光り輝《かがや》いたと思ったら、あっという間に黒い邪気が霧散《むさん》した。

「あっ、ありがとうございます……」

かすれた声で礼を言い、そして気づいた。

ディルクの姿がどこにもない。

（どうして⁉）

どこへいったのだ。部屋から一緒に出たはずなのに。

泣きたい気持ちで辺りを見回し、

「ディルク、待ってください！」

やっとのことで見つけたディルクは地下室からの階段を一人で上り、一階の廊下《ろうか》へ出ていくところだった。

向かう先は外だ。そう気づいて愕然《がくぜん》とした。

「待って、私もいきます！」

一緒に連れていってと心の中で叫《さけ》びながら追いかけると、ディルクが振《ふ》り向きもせず首を横に振った。

（えっ……？）

確認《かくにん》せずとも、拒否《きょひ》されたとわかった。

ディルクがそのまま廊下へ通じる扉の先に姿を消した。

置いていかれた——。

ショックで膝《ひざ》から力が抜《ぬ》けそうになりながらも夢中で追いかけようとしたら、背後からエリアスに腕《うで》を摑《つか》まれた。

「災厄の壺《つぼ》の浄化《じょうか》は国王の命だぞ。君はそれを無視する気か？　できないとでも言うつもりか？」

「そんなわけ——」

咄嗟に否定したが後が続かない。方法は他にないのだ。

（でもディルクは私にとって、とても大切な人なのよ）

ずっと好きでいてくれた。そのことにどれほど救われたか。あんな人は他にいない。傍《そば》にいたいのだ。

「これ以上壺に人を食わせるわけにはいかないんだ。覚悟《かくご》を決めろ。ディルク殿下は王族だ。国を、ひいては国民を守る義務がある」

「それはわかっていますが、でも——！」

「他に方法があるなら教えてくれ」

わずかな願望に、完全に蓋《ふた》をする口調だ。

体中から力が抜けていく気がした。

どうすることもできない。

ユノはその場に突《つ》っ立ったまま、強く両目を閉じた。

ディルクは失意のうちに奥の宮殿《きゅうでん》へ戻《もど》ってきた。

どこをどう戻ってきたのかわからない。足も頭も体も、何もかもが重い。

(何だ、あの魔具は)

頭を硬《かた》い物で思い切り殴《なぐ》られたような衝撃《しょうげき》だった。

何か秘密があると踏《ふ》んでいたが、まさかあれほどの魔具が存在しようとは。

代々の国王に、秘密裏《ひみつり》に受け継《つ》がれてきたのだろう。あんなもの全くの予想外だ。

敗北感に唇《くちびる》を噛《か》みしめた。

国王の隠《かく》し事を突き止めれば何とかなると、気楽に考えていた自分を恨《うら》みたい。

(あれをユノが浄化するなんて無理だ。むしろ浄化させたくない)

あんな危険なものに二度と近づけたくない。

前代聖女でさえ浄化できなかったほどの魔具。エリアスの言葉が脳裏《のうり》によみがえった。

『災厄《さいやく》の壺と対峙するのは聖女です。壺は聖女を狙います。一番被害を受けるのはユノですよ』

その通りだ。

壺を浄化しようと挑《いど》んだら、ユノが大怪我《おおけが》を負う。下手をすれば死ぬかもしれない。

そんなの考えただけでおぞましい。

（ユノは怯《おび》えていたな）

今まで他《ほか》の魔具からどれほど攻撃《こうげき》を受けようと決して諦めなかったのに、壺を前にして体を震《ふる》わせて怖《こわ》がっていた。

吸いこまれかけたのだから当然だ。

いや、エリアスがいなかったら本当に壺に呑まれていただろう。

（俺は何もできなかった……）

心底情けないが、ユノの腕を引っ張ることしかできなかった。

今まで戦場で剣《けん》を振るってきたけれど、そんなものは通用しなかった。あれは人知を超《こ》えている。

あの瞬間、このままでは将来ユノが無事でいられないとわかった。

ユノが大事なのだ。

誰《だれ》より大切な女性だ。昔からずっとそう思ってきた。

はにかむように笑った顔が好きで、その顔を見るためなら何でもした。

いつも笑っていて欲しくて、泣くのは嫌だった。

悲しい思いはして欲しくない。誰にでも優《やさ》しくて、気を遣《つか》って、我慢《がまん》するからなおさらだ。

もうあの壺には絶対に近づけたくない。そのためには――。

(ユノを諦めるしかない……)

体の脇《わき》で両手を強く握《にぎ》りしめて唇を噛みしめた。血の味がしたが、そんなのどうでもいい。

本当はユノを諦めるなんて嫌だ。ユノがエリアスと――なんて考えたら、はらわたが煮《に》えくり返りそうになる。

(だが他にどんな方法があるというんだ?)

あるなら、頼《たの》むから誰か教えて欲しい。

重い足取りで、うつむきながら執務《しつむ》室へ向かう。

こんな自分が心底情けない。

自分は逃《に》げてきたのだ。どんな理由があろうと、エリアスの許にユノを置いて逃げてきた。

（クルーガ家の地下室の階段下で、ユノは泣きそうな顔をしていたな……）

待ってください、一緒《いっしょ》にいきます、と必死に訴《うった》えていた。

決してあんな顔をさせたくなかったのに。

（だが他に方法がないいんだ……！）

ユノが無事でいるための――。

今は、悔《くや》しさより無力感のほうが大きい。

「おや、ディルク様。国王陛下のお話は終わられたのですか？」

廊下を曲がったところでルーベンに会った。正直、今は誰にも会いたくなかったが仕方ない。

「――ああ」

ディルクがよほどひどい顔をしていたのだろう。ルーベンが不思議そうな顔で聞く。

「ユノは一緒ではないのですか？　キーラが捜《さが》していまして」

すでにユノのことで頭がいっぱいなのに、他人からその名前を聞いたら胸がきしむように痛んだ。

「お二人で国王陛下の宮殿へいかれたのですよね？　てっきり今もご一緒かと思っていました」

歯を食いしばる。

本当は一緒に帰ってきたかった。いつものように二人でいて、隣《となり》でユノの笑顔《えがお》を見ていたかった——。

「父上の命で、その後クルーガ家へいったんだ。ユノはそこにいる」

「クルーガ侯爵《こうしゃく》家ですか。なぜそんなところに？」

「……エリアスと結婚《けっこん》するからだ」

「はっ？」

「そうでないとユノが無事でいられない」

何を言っているのだといぶかしげな顔をするルーベンに背を向けて、ディルクは力なく歩き出した。

エリアスはクルーガ家の二階の廊下《ろうか》を歩いていた。

（災厄の壺が手鏡を食べる光景を、あの二人に実際に見せて正解だったな）

ユノもディルクも打ちのめされたようだったから。

ユノは、侍女《じじょ》が寝室《しんしつ》代わりに用意した客間にこもっている。

あれから一度も姿を見ないから、為《な》す術《すべ》もなく打ちひしがれているのだろう。

今回の件を計画するにあたり、ユノのことは心配していなかった。気が弱く内気な性格だから反抗《はんこう》してくることはないと思った。

気がかりだったのはディルクだけだ。

だがディルクは肩《かた》を落として、クルーガ家を出ていった。

(思い通りにいってよかった。だいぶ打ちひしがれておられたが)

出ていくときの抜《ぬ》け殻《がら》のような後ろ姿を思い出した。普段《ふだん》は気が強く、負けず嫌《ぎら》いだからなおさらだ。

だが可哀想《かわいそう》とは思わない。

可哀想なのは自分たち、クルーガ家の者だろう。

夜になると体の節々が痛む。幼い頃《ころ》から二十三歳になった今日までずっと壺《つぼ》の邪気《じゃき》にさらされ、高等の封印魔法《ふういんまほう》を使い続けてきたからだ。

封印に携《たずさ》わったクルーガ家の者が短命なのは承知の上だ。

祖父はエリアスが生まれる前に亡《な》くなった。曾祖父《そうそふ》も孫の顔は見られなかったと聞く。

百五十年も経ればそうだろう。

怒《いか》りを静かに押し殺して、二階の東側にある主寝室の前に立った。

(この時間は寝《ね》ているだろうな)

起こしたら嫌《いや》なので小さくノックをした。案の定、返事はない。

そっと室内に入った。

音をたてないように扉《とびら》を閉めて、窓際《まどぎわ》のベッドまで歩く。

そんなことをしなくても分厚い絨毯《じゅうたん》が足音を消してくれるが、万が一ということもある。

細心の注意を払《はら》って近づいた。

ベッドで眠《ねむ》るのは当主のクルーガ侯爵。エリアスの父だ。

十八年前、五歳の息子《むすこ》に封印の役目を替《か》わらなければならないほど、父は体を酷使《こくし》していた。もう限界だと、見ただけで誰でもわかるほど弱り切っていた。

音など立てていないのに、眠りが浅いのか父が目を覚ました。

「おや、エリアス。きてくれたのかい？」

穏《おだ》やかに微笑《ほほえ》む。

たった五歳のエリアスに父は、当時、泣いて詫《わ》びた。

『すまない。もっとお前が大きくなるまで、いや、生涯《しょうがい》私がこのお役目を担《にな》えたらよかったのに。お前に負担をかけてしまう。すまない……』

自分をここまで愛して心配してくれるのは父だけだ。

昔からそうだった。

エリアスは、本当は自分の体などどうなってもいいのだ。短命だろうが、命が尽《つ》きようが構わない。

ただ父が生きてさえいてくれればいい。

だから、そのためなら何でもする――。

「体調はどうだ？」

心底心配する目をされて心がほぐれた。微笑んで答える。

「大丈夫《だいじょうぶ》です」

「そうか。何か変わったことはあったかい？」

いつもの話の流れだ。父の体調のために、ユノたちの件に関しては何も伝えていない。

フォーカス公爵に言われたこともだ。

だから首を横に振《ふ》った。

「いいえ。特に何も」

「そうか」

父が微笑み、また眠りについた。

（昨日よりも顔色がいいな）

少し安心して寝室を出た。

階段を下りて食堂へ向かう。外はすでに薄闇《うすやみ》が迫《せま》っている。

夕食の時間だが、相変わらず食卓《しょくたく》にユノの姿はない。まだ客間で落ち込んでいるようだ。

（おとなしくしているなら、むしろ好都合だ）

ユノには何の感慨《かんがい》も抱《いだ》いていない。気が強く積極的な女性は苦手だが、弱々しくておどおどしている女性も苦手だ。

エリアスがユノと結婚するのは、災厄《さいやく》の壺の封印をこれからもクルーガ家が続けるためだ。そしてフォーカス公爵との約束のため。

それでもあまりにもユノの姿を見ないため、念のため食堂にいた侍女に聞いた。

「ユノは今も客間にいるか？」

「ええ、いらっしゃいますよ」――てっきりこんな答えが返ってくるかと思ったら、侍女は首を横に振った。

「いいえ。一旦《いったん》王宮へ戻《もど》るとおっしゃって出ていかれました。ディルク殿下《でんか》に会われるとか」

「はっ？」

愕然《がくぜん》とした。

ディルクはユノを諦《あきら》めたのに、ユノはディルクを諦めていなかったのか。

ユノは決して自分からは出ていかないと高をくくっていた。御《ぎょ》しやすいと思っていたのに、そうではなかったのか――。

エリアスは呆然《ぼうぜん》と玄関《げんかん》ホールのほうを見つめた。

ユノは馬車で奥の宮殿《きゅうでん》へ向かっていた。

門の前に停《と》まっていたクルーガ家の馬車に、頼《たの》み込んで乗せてもらったのだ。

正直なところ、壺を思い出すと今でも寒気がして怖《おそ》ろしい。どうすればいいかも全くわからない。

けれどやはりディルクの傍《そば》にいたいのだ。

ディルクがユノの身を案じて置いていったとわかっている。それが唯一《ゆいいつ》の道だということも。

それでも何度考えても、ユノはこれからも一緒《いっしょ》にいたい。

だったら、やることは一つしかないじゃないか。

壺を浄化《じょうか》する。

実家にいた頃、プロポーズを断ってもディルクは諦めないでいてくれた。ずっとユノを好きでいてくれた。だからユノは救われて、今こうして聖女でいられる。

(だから今度は私の番よ)

豪華《ごうか》な車内で、膝《ひざ》の上で組んだ両手をギュッと握《にぎ》りしめた。

（どうやって浄化すればいい？）

方法を探すのだ。

考えろ、考えろと、ともすれば気持ちが沈《しず》みそうになる自分に言い聞かせる。

（……あれは魔具よ。見た目や行動が怖ろしくて、魔具部屋にある物と違《ちが》って得体が知れないと思ってしまったけど）

今まで接してきた物と同じ魔具だ。

（だったら、私に何か伝えたいことがあって動いているはずよ）

それなら何とかして突《つ》き止められるのではないか。

まるで行き先がわからない真っ暗闇の中に、少し希望が見えた気がした。

（だけど待って。前代聖女様も浄化しようと同じことをしようとしたはず。でも無理だったのよね……）

少し見えたはずの希望が、空を摑《つか》むように消えた。

（駄目《だめ》よ。落ち込んでる場合じゃない。もっと考えるの）

何かないのか。何か他《ほか》の方法は――。

（前代聖女様の時、災厄の壺は生み出されたばかりだった。だからヒントというか、きっかけのようなものは何もなかった。でも今は違う。あれから百五十年経《た》ったんだから）

これまでの魔具は全《すべ》て持ち主の心配をしていた。

災厄の壺も同じだとしたら？

今の持ち主は、おそらくエリアスということになるのだろう。

壺《つぼ》はエリアスを心配しているのではないか。そのことで何かユノに伝えたいのではないか——？

頼《たよ》りない細い糸のような希望だが必死に紡《つむ》いでいると、

「到着《とうちゃく》いたしました」

御者の声がした。奥の宮殿に着いたのだ。

「こんな時間に送っていただいてありがとうございました」

すでに夜中に近い。丁寧《ていねい》に頭を下げて、中へ急いだ。

宮殿内は静まり返っている。

ディルクはまだ起きているだろうか。そして何より浄化の方法がわからないのに、ユノを受け入れてくれるだろうか。

長い廊下《ろうか》を進むたびに不安が増した。

それでもいくしかない。

緊張《きんちょう》しながら執務《しつむ》室の扉をノックすると、

「どうぞ」

ディルクの普段《ふだん》とは違う、力ない声がした。たまらなくなり勢いよく扉を開けると、

「……ユノ？」

デスクにいたディルクが大きく目を見開いた。大きく頬《ほお》が歪《ゆが》む。まるで見たくなかったものを見たように。

そんな表情をされるのは初めてだ。覚悟《かくご》していたはずなのに、ショックで何を言っていいのかわからなくなってしまった。

沈黙《ちんもく》が流れた。

（ディルクはいつも、私に楽しそうな顔を向けてくれるのに……）

ユノと一緒にいることで本当に嬉《うれ》しそうに笑ってくれる。それなのに——。

悲しい気持ちはもちろんあるが、なぜか悔《くや》しさを覚えた。だから気まずそうにユノから目をそらすディルクをまっすぐ見つめてみた。

ディルクの頬が震《ふる》えている。

ユノを心配して諦めたことはわかっている。そうわかっていても、何と言っていいのか見当がつかない。

それでも覚悟を決めて口を開けたら、本心が転がり出た。

「ディルク、私に大丈夫じゃない時はそう言って欲しいと言ってくれましたよね？」

「……ああ」

「私は大丈夫です」

ようだ。

「えっ……」

ディルクが泣きそうな顔をした。あなたがいなくてもいい、という意味だと勘違《かんちが》いした

そうじゃない。慌《あわ》てて首を横に振《ふ》って続けた。

「私はディルクの傍にいられたら、大抵《たいてい》のことは大丈夫《だいじょうぶ》なんです」

ディルクの目が大きく見開いた。

ユノは夢中で続けた。

「私はディルクと一緒にいたいんです。ずっとあなたを想《おも》っていました。だから――何としても傍にいたいんです」

ディルクの唇《くちびる》が震えた。青ざめているようにさえ見えた。

「何で……何で責めないんだ？　俺は逃《に》げ出したのに。ユノを諦めたのに……」

「ディルクがいたから、今私は聖女としてここにいられます。いつも助けてもらいました。だから今度は私が助ける番なんです」

ディルクがうつむく。心底情けなさそうに、両手で顔を覆《おお》った。

そして唇を噛《か》みしめながら、

「俺は何もしていないよ……。ユノはおとなしくても芯《しん》が強いから、ずっと自分で立派にやっていた。聖女になれたのも、魔力《まりょく》がないと落ち込んでもコツコツと毎日頑張《がんば》っていた

からだ」

（ディルクの癖《くせ》だわ）

何か思い詰《つ》めている時、無意識に唇を噛み締《し》める。自分もそうだからよくわかる。

ユノは手を伸《の》ばした。

指先でその唇に触《ふ》れた。

驚《おどろ》いたのだろう、はじかれたように顔を向けたディルクに、大胆《だいたん》なことをしてしまったと内心焦《あせ》ったけれど。

「辛《つら》い時に、唇を噛むのをやめませんか？　昔からの癖ですよね。ずっと見ていたからよく知っています。でも、とても痛そうだから」

血がにじんでいるではないか。いたわるようにそっとぬぐうと、ディルクが息を呑《の》んでユノを見つめた。

そんな姿を見ていたら、

「ディルクは大丈夫ですか？」

「……えっ？」

「ディルクも、私の前では大丈夫じゃない時は大丈夫だと言わないでください。平気な振りはしないでください。私もそのほうが嬉しいです」

ディルクの青い目が動揺《どうよう》したように大きく揺《ゆ》れた。

ユノは続けた。

「私、災厄《さいやく》の壺を浄化《じょうか》します」

「駄目だ……！」

思わずといった感じで声を上げる。

「死んでしまうかもしれない。やめてくれ。絶対に駄目だ」

心から頼《たの》み込むような口調だ。

（やっぱりエリアス様の許《もと》へ置いていったのは、私を心配してくれていたからなんだ）

そうだとわかっていても、改めて心の底から安心した。

そんな自分を馬鹿《ばか》だなあと思いながらも、安心してしまえば微笑《ほほえ》んで続けられる。

「壺は魔具です。どれほど怖《おそ》ろしく見えても魔具なんです。だったら浄化できるはずです。おそらくですが、壺はエリアス様を心配して何か伝えたいはずなんです。だから、それを突き止めます」

本当は重ねて反対したいのだろうが、微笑んだまま話すユノに圧倒《あっとう》されたようにディルクが口を閉じた。

そんなディルクに確信を込めて言う。

「大丈夫ですよ。きっとできます」

ディルクの傍《そば》にいられるなら。

強い意志を込めて微笑んだ。

ディルクが揺れる目で見つめ返してくる。その青い目は、自分の感情と必死に闘《たたか》っているように思えた。

「……ユノ、強くなったね」

「そうですか？」

「強くなったよ。子どもの頃《ころ》とは比べ物にならないくらいに。それに――」

「はい？」

ディルクがユノの両手を掴《つか》み、その指先をゆっくりと額に当てた。まるで神聖なものに祈《いの》るような姿勢だ。

「君は、確かに聖女だ」

強くて優《やさ》しい――。

小さくて震えていたが、確かにそう聞こえた。

「ごめん……俺もユノといたい。絶対に、何が何でも一緒《いっしょ》にいたい」

「はい」

「俺も手伝う。方法を考える。もう逃げない。一緒にあの壺を浄化しよう」

「はい」

安堵《あんど》と嬉しさが混ざって、ユノは両手を取られたまま笑った。

ディルクが情けなさを謝罪するように腰《こし》をかがめて、うるんだ目でユノの指先に口づけた。

【第四章】十三年前の真相

　ユノはまず護衛の騎士《きし》たちを連れてクルーガ家へ向かった。

　騎士の一人はタイに襲《おそ》われたときに一緒にいた者で、ぜひついていってユノを守りたいと言ってくれたのだ。

　侍女《じじょ》にエリアスの居場所を聞くと、居間だと言われた。足を踏《ふ》み入れると、じろりとこちらを見たエリアスが冷たい口調で言う。

「戻《もど》ってきたのか」

「はい」

「騎士たちを連れてきても、とてもあの壺《つぼ》には太刀打《たちう》ちできないぞ」

「わかっています」

　これは大きな目的のための準備なのだ。

「君はどうする気だ？　僕と結婚《けっこん》する覚悟《かくご》は決まったのか？」

「いいえ。私は災厄の壺を浄化します」

「――君には無理だと言ったはずだが」

「エリアス様がいらっしゃるので大丈夫《だいじょうぶ》です。きっとできますよ」

「意味がわからない」

エリアスが不快そうに眉根《まゆね》を寄せた。

「申し訳ありませんが、もう一度地下室へいきたいのです。すぐに済ませますからその間、壺の動きを止めていただけませんか？」

エリアスの眉間《みけん》の皺《しわ》が濃《こ》くなった。

「近づく？　正気か？　あの壺の怖《こわ》さは身に染《し》みたと思ったが」

「手鏡の破片《はへん》を拾いたいのです」

残骸《ざんがい》のようになってしまったが、あれは誰《だれ》かから預かった魔具《まぐ》で大切にされていたものだ。そしてユノに伝えたいことがあった魔具なのだ。

元には戻らないかもしれないが、放《ほう》っておけない。

「お願いします」

頭を下げたが、無理かもしれないなと思った。エリアスは了承《りょうしょう》しないだろう。

「――ディルク殿下《でんか》はどうされたんだ？」

「国王陛下にお会いすると言っていました」

「クルーガ家から災厄の壺を解放してくれと、泣きつきにでもいかれたのか？」

揶揄《やゆ》するような口調だ。

しかしそれは違《ちが》うので、ユノは微笑《ほほえ》んで否定した。

「いいえ。宮殿にいる宮廷《きゅうてい》魔法使い様や他《ほか》の魔法使い様方を、ここに連れてきていいか聞いてくると言っていました。あの壺の封印《ふういん》をエリアス様一人に任せるのではなく、大勢で手分けして行えたらと」

そして壺を浄化《じょうか》するために。

「はあっ？　そんなの無駄《むだ》だ。壺の封印魔法は僕にしか使えない。そもそも陛下がそんなことをお許しになるはずがないだろう」

呆《あき》れたように言われたが事実だ。

「でもディルクがそう言っていましたから」

「――色々と言いたいことはあるが、とりあえず地下室へ一緒にいく」

「本当ですか？」

まさか了承してもらえるとは思っていなかった。

よほど驚《おどろ》いた顔をしていたのだろう。呆れながらも、複雑そうな顔で視線をそらすエリアスにピンときた。

(もしかして手鏡を壺に食べさせたことに、負い目を感じておられるのかしら？)

そうに違いない。そうでなければ一緒にいくなんて言葉は出ないはずだ。

そう思ったら、何を考えているのかわかりづらいエリアスを少しだけ身近に感じた。

「ありがとうございます」

ユノは笑って頭を下げた。


二人で地下室へ下りる。そういえば、とユノは聞いた。

「クルーガ侯爵《こうしゃく》の体調はいかがですか？　ご挨拶《あいさつ》に伺《うかが》ったほうがいいかと思うのですが」

「結構だ。最近は一日中、眠《ねむ》っていることが多い」

やはり具合がよくないのだ。神妙《しんみょう》に階段を下りて扉《とびら》の前に立つと、濃厚《のうこう》な邪気《じゃき》を感じた。

やはり怖《おそ》ろしい。今にも膝《ひざ》から力が抜《ぬ》けそうなのを何とか奮い立たせた。

「扉を開けるぞ」

魔法陣《まほうじん》の中心に壺が鎮座《ちんざ》していた。

動かないのはいいことだろうに、逆に不気味でもある。

それでも壺の周りに散らばった手鏡の破片を見たら、力が湧《わ》いた気がした。ずっと心を込めて磨《みが》いてきた魔具なのだ。

「いきます」

エリアスに声をかけて飛び出した。魔法陣の中に散乱する破片を急いで拾う。

ハンカチに集めながら何度も壺を確認《かくにん》したが、壺は動かない。

安堵《あんど》する一方で、気を抜いたら駄目《だめ》だと自分に言い聞かせた。

自分の身も危ないし、そうなったらディルクに今以上に心配をかけてしまう。

(それにエリアス様の体調も心配だわ)

最後の一つを手に取り、よかったと胸をなでおろしながら扉に向かって駆《か》け出した。

瞬間《しゅんかん》、壺が動いた。

ユノに向かって飛びかかってきた。陶器《とうき》製で重そうなのに、まるで重さなど感じさせないような動きだ。

恐怖《きょうふ》に体が固まる。同時に、壺の真下に金色の文字が浮《う》かび上がった。エリアスだ。

壺の動きが止まった。

だが、それでも動きたいのだろう、もがくように宙で小刻みに震《ふる》えている。

「早くここを出ろ！」

言われた通りに再び扉へ向かって走りながら、壺を振《ふ》り返った。

ここで逃《に》げては前と同じだ。壺を浄化すると決めたのだ。

(この壺は得体の知れない化け物じゃない。魔具なのよ)

空中でもがく壺を見つめる。

その姿が、ユノの首を絞《し》めたタイと重なった。タイの伝えたいことを理解できなかったから、タイはユノを襲ったのだ。壺も同じではないのか――。

(私に伝えたいことがあるのよね？　それは何？　お願い、教えて)

「何をしている⁉　死にたいのか。早く出ろ！」

エリアスの切羽詰《せっぱつ》まった声がしたが、今出ていったら前と同じなのだ。

ユノは覚悟を決めて壺を見据《みす》えた。

（エリアス様のこと？　何か心配事があるの？）

途端《とたん》にピタッと壺の動きが止《や》んだ。エリアスという言葉に反応したように思えた。

「……どうなっているんだ？」

突然抵抗《とつぜんていこう》する力が消えて、エリアスが唖然《あぜん》としている。

やはりそうなのだ。確信したユノの脳裏《のうり》に映像が流れ出した。

場所はこの地下室だ。今と全く同じ魔法陣と、その中心に置かれた壺。

魔方陣の前に立つのは夫婦《ふうふ》らしき若い男女である。

しかし喧嘩《けんか》でもしているのか、二人の間には険悪そうな雰囲気《ふんいき》がただよっていた。

（この奥様、エリアス様とお顔が似ている）

突然、妻が顔を歪《ゆが》めて夫をなじりだした。

『あなたの力が足りないせいよ。そのせいでエリアスはたったの五歳で、この封印のお役目を継《つ》がなければいけなくなったわ。体も精神も酷使《こくし》するのよ。あの子はまだ十歳になったばかりなのに、ああ、可哀想《かわいそう》なエリアス』

『エリアスを言い訳にするのはやめてくれ。君は本心ではエリアスの心配などしていないのだから』

『何ですって！　代々の国王陛下から賜《たまわ》る光栄な封印のお役目も、まともにできないくせに偉《えら》そうに！　お義父様《とうさま》もお義祖父様《じいさま》も体がボロボロになりながらも、封印を継ぐ子どもが成人するまでは立派にそのお役目を果たしたのよ。それなのに、あなたときたら情けない。役立たずの当主なんて生きている意味もないわ』

馬鹿《ばか》にされた夫の顔が、悔《くや》しさと恥《は》ずかしさで引きつる。

しかしそれを抑《おさ》えて、力なく微笑んだ。

『わかっている。お役目に関しては君の言う通りだ。まだ幼いエリアスに過酷《かこく》なお役目を替《か》わらなくてはならなかったのは、ひとえに私の力が足りないせいだ。あの子には本当に申し訳ないと思っている』

（この二人はエリアス様のご両親なのね）

エリアスが十歳とのことだから、今から十三年前の出来事なのだ。

（それにしても、お父様が可哀想過ぎない？）

力不足なのは彼自身が一番よくわかっているだろう。エリアスに対しても心から済まないと思っているのがわかる。

だからこれ以上責めないであげて欲しい。

切に願うユノの前で、父が寂《さび》しそうな笑みを浮かべた。

こういう疲《つか》れたような表情をされるとよくわかる。頬《ほお》がこけて顔色も悪い。

エリアスの前は、彼の父が壺《つぼ》を封印する役目を担《にな》っていたと聞いた。壺の邪気を浴びて封印魔法を使い続けて、彼はもう限界なのだ。

ユノは胸が苦しくなった。

父が口を開いた。

『私の全《すべ》てをかけて、エリアスにはできる限りのことをするよ。あの子を愛しているんだ。だから君も、どうかあの子のことを一番に考えてやって欲しい』

切実に訴《うった》えるような口調に、母が容赦《ようしゃ》なく鞭打《むちう》った。

『何を偉そうに。私に指図しないでちょうだい。全てはあなたの無能さが原因でしょう。私に責任の一端《いったん》をかぶせるのはやめてちょうだい』

父が凍《こお》りついたようになった。

さらに母が続ける。

『さっき、私に離縁《りえん》して欲しいと言ったわね。ふざけないで。元々、双方《そうほう》の親が決めた結婚《けっこん》よ。私はあなたが国王陛下から信頼《しんらい》を受けていると聞いたから嫁《とつ》いだの。それなのにあなたときたら、陛下から代々賜ったお役目すらまともにできない。それがあなたのほうから離縁したい？　冗談《じょうだん》じゃないわ。別れたいなら、私はエリアスを連れて出ていくわ。あなたから一番大事なものを奪《うば》ってやるから覚悟《かくご》していなさい』

意地の悪い高笑いをしながら、母が背を向けて扉のほうへ歩いていく。

（ひどい……エリアス様のお父様は大丈夫《だいじょうぶ》なの？）

心配になるユノの前で、うつむいた父の両拳《りょうこぶし》が震えていた。

自分に対する情けなさとエリアスに対する申し訳なさ、そしてそれらをひっくるめて母への怒《いか》りで震えているとわかった。

『君はなぜ、いつもそうなんだ？　自分勝手なことばかり……』

抑えたようにつぶやいた。

いつものことなのか、よく耐《た》えているというべきか。

父が顔を上げた。先ほどまでとは違《ちが》う、どろりとした暗い目をしていた。絶望と、そして限界を感じた者の目だ。

父が視線を横に向けた。その先にあるのは災厄《さいやく》の壺だ。

何かに憑《つ》かれたように壺を見つめる。そして、扉へ歩いていく母の背中も。

（まさか――）

ユノは悲鳴を上げそうになった。災厄の壺は人を食う。跡形《あとかた》もなく。

魔具は魔力と邪気を吸い取った後で吐《は》き出したけれど、人は違った。ただ呑《の》み込んだだけだった。そこに痕跡《こんせき》は残らない。ということは――。

（証拠《しょうこ》を残さず人を隠滅《いんめつ》できる……嘘《うそ》でしょう⁉）

「おい、ユノ！」

肩《かた》を叩《たた》かれて我《われ》に返ったが、母によく似たエリアスを見たらもう少しで悲鳴を上げるところだった。

とんでもない過去を見てしまった。まだ心臓がバクバクいっている。

「壺はどうなったんですか⁉」

思い出して急いで視線をやると、意外にも壺は魔法陣《まほうじん》の中心に元通りに鎮座《ちんざ》していた。

「君が虚空《こくう》を見つめている途中《とちゅう》で、勝手に戻《もど》っていった」

壺が自分で戻ったのか。ユノに何もせずに。

（じゃあやっぱりこれが伝えたかったことなんだわ。あなたはエリアス様に、ご両親のことで何か伝えたいのね）

しかし壺は沈黙《ちんもく》している。

「今度は何が見えたんだ？　百五十年前の続きか？」

「いえ……エリアス様のご両親の若い頃《ころ》でした。おそらく十三年前の、この地下室で激しく言い争っておられた場面で――」

これ以上続けたら、言いにくいことを言わなくてはいけなくなる。口ごもるユノに、エリアスは察したようだ。顔を引きつらせた。

その反応で思った。エリアスは知っているのではないか。ユノが見た過去の顚末《てんまつ》を。

（そういえばお父様は臥《ふ》せっておられると聞いたけど、お母様の話は一度も聞いたことがないわ）

嫌《いや》な予感がした。

「お母様は今、どうなさっているんですか？」

「――十三年前に事故死した。僕が十歳の時だ」

まさに見えたあの時ではないかと衝撃《しょうげき》を受けた。しかし事故死とはどういうことだ。

「……どんな事故だったのですか？」

「落馬だ」

「落馬？」

意を決して聞いたのに、思ってもみない答えにぽかんとしてしまった。

「そうだ。フォーカス公爵《こうしゃく》とその友人が一緒《いっしょ》におられた。彼らが証人だ」

（フォーカス公爵？　ディルクのことを半王族とひどいことを言っている方だわ）

親しいのか。とするとエリアスや父であるクルーガ侯爵《こうしゃく》も、ディルクをいいように思っていないのだろうか。

そうだとすると距離《きょり》を感じてしまう。

(でも第三者のフォーカス公爵とその友人が証人というなら、本当にエリアス様のお母様は落馬の事故で亡《な》くなったのよね)

フォーカス公爵という名前にはモヤモヤするが、第三者が証人というならそれは事実なのだろう。

映像はあそこで途切《とぎ》れた。エリアスの父が母を、実際に壺に呑ませて殺害した場面は見ていない。

つまり父は母を殺しておらず、母は落馬事故で亡くなったのだ。

よかったと心底ホッとしたが、

(じゃあエリアス様のさっきの反応はどういうこと?)

何かを察したように顔を引きつらせていた。

それに壺が伝えたいことは何だ。

考え込むユノに、エリアスの感情を抑えたような低い声がした。

「君を侮《あなど》っていたようだ。タイはまだしも、この壺を相手に浄化《じょうか》魔法で過去が見えるなんて思っていなかった。……どこまで見えた?」

「どこまでって……離縁したいと言われたお母様が拒否《きょひ》して、お父様に背を向けて地下室を出ていこうとしたところまでですが」

「――そうか。そこで終わったのか」

エリアスは少し安心したように見えたが、すぐに鋭《するど》い視線を向けてきた。

「もう過去を見るのはやめろ。――君に浄化は無理だと言ったはずだ。この壺はこれからもクルーガ家の者が封印《ふういん》し続ける。そう言ったはずだ」

それだとディルクと一緒にいられない。

「いいえ、浄化します」

「やめておけ。君には無理だ」

どう言っても頑《かたく》なに否定される。背を向けたエリアスに、悲しくなるというよりは違和《いわ》感《かん》を覚えた。

ユノに浄化は無理だというのも本心だろうが、なぜかそれだけではない気がする。まるで浄化して欲しくないと思っているような気さえするのだ。

（なぜなの？　国王陛下の命だし、もし浄化できたら辛《つら》い封印魔法から解放されて楽になるはずなのに――）

「何か怖《こわ》がっておられるのですか？」

ふとそんな気がした。

振《ふ》り向いたエリアスの頬がかすかに紅潮していた。真実を突《つ》いてしまったようだ。

「ふざけたことを言うな。何も怖がってなどいない」

「では、このまま封印を続けるよりも浄化したほうがいいはずです。エリアス様もお父様も体が限界なのでしょう？」

「だから君に浄化は無理だと言った」

「ですが、壺《つぼ》は少しですが過去を見せてくれました。あの壺はエリアス様に伝えたいことがあるはずなんです。だからこれからもっと過去の光景を見せてくれるはずですし、私も見せてくれるように頑張《がんば》ります」

「駄目《だめ》だ、見るな！」

驚《おどろ》くユノに、エリアスがハッとしたように悲しげに顔を歪《ゆが》めた。

（この顔を知ってるわ。手鏡の破片《はへん》を拾いに、地下室へついてきてくれると言った時よ）

あの時はもうちょっと明るい表情だったが、目に浮《う》かぶ危《あや》うげな色は同じだ。

何かこういう態度を取らざるを得ない理由があるのだ――。

（フォーカス公爵……のような気がする）

母の落馬を目撃《もくげき》していたという人物。ディルクのことを悪く言っているため反発心はあるが、それだけでは片付かないような気がする。

「フォーカス公爵はどのような方なんですか？」

その質問に、エリアスがいぶかしげな顔をした。

「どんなって、先代国王の縁者《えんじゃ》で国内でも有数の名門貴族だ。――さっき壺が見せたんだろう？」

「見ていません。見えたのはエリアス様のご両親だけです」

「まさか。その場にフォーカス公爵もいらっしゃったはずだ」

「いいえ」

他《ほか》には誰《だれ》もいなかった。

エリアスが眉根《まゆね》を寄せて、

「そういえば所用で遅《おく》れたとおっしゃっていたな」

と、記憶《きおく》を呼び起こすようにつぶやいている。

フォーカス公爵がその場にいなかったことが、それほど重要なのか。

（この地下室に、クルーガ家の家族以外の他人が訪《おとず》れたの？）

このお役目は代々の国王の命で、秘密にしておかないといけないはずだ。

フォーカス公爵は先代国王の縁者のため、事情を知っていたのだろうか。

エリアスに聞いてみようとしたら、突然《とつぜん》壺《つぼ》が真っ黒な邪気《じゃき》を噴《ふ》きだした。煙《けむり》のように濃《こ》く地下室中を染めていく。

「いけない、早く外へ！」

手鏡の破片を集めたハンカチを手に、ユノたちは急いで地下室を出た。

エリアスと居間に戻ると、ちょうど侍女《じじょ》がやってきた。

「ディルク殿下《でんか》がお見えです」

喜ぶユノの横で、エリアスが本当にきたのかと不愉快《ふゆかい》そうに眉根を寄せた。

侍女が困惑《こんわく》した顔で続ける。

「それとその、大勢の方も一緒に」

「大勢？」

扉《とびら》が開き、宮廷魔法使《きゅうていまほうつか》いが四人と国王直属の老魔法使いが二人、そしてルーベンが姿を見せた。さらに顔を輝《かがや》かせたユノに、

「本当に連れてこられるとは――」

エリアスが呻《うめ》き混じりの声を上げた。

「封印魔法が使える者たちだ」

と、彼らを示すのはディルクだ。

笑顔《えがお》で駆《か》け寄ると、ディルクも嬉《うれ》しそうに笑い愛《いと》おしそうにユノの頬《ほお》を撫《な》でた。

顔をしかめてその間に入ってきたのはエリアスだ。ディルクに向かって、

「国王陛下から彼らをここへ連れてくるお許しが出たのですか？」

抑《おさ》えた声音《こわね》だが、まさかそんなはずないだろうという怒《いか》りが透《す》けて聞こえた。

「ああ、出た」

「有り得ません。代々の国王が百五十年もの間、秘密にしてきたのです。それを今の陛下の代でないがしろにするわけがありません」

「そもそも、ずっと秘密にしておいたことが間違《まちが》っていたんだろう」

「……殿下がどれだけ魔法使いを連れてきても無駄《むだ》ですよ。前代聖女の血を引くクルーガ家の者にしか、壺の封印魔法は使えませんから」

ディルクがじっとエリアスを見つめた。

「本当にそうか？」

「はっ？」

「考えたんだが聖女特有の浄化魔法とは違い、封印魔法自体を使える者は他にもいる。壺の封印魔法はずっと秘密にされてきたから誰も使えないだけで、試してみたら使える者が見つかるかもしれない」

「あなたは一体、何を言って――！」

さすがに怒り心頭といったエリアスに、ディルクが肩《かた》をすくめて続ける。

「だから試してみればいいんだ。たとえ一人でも、封印が不充分《ふじゅうぶん》でも、見つかれば儲《もう》けものだろう。クルーガ家だけに任せずに、その者たちで力を合わせて壺を封印できる。そうすればこれ以上クルーガ家の者が――お前が負担を被《こうむ》って命を縮めることもなくなる」

「――百五十年前、大勢の人が壺に呑《の》まれました。陛下はそれを憂《うれ》えておられるのだと思いますが」

「そうだろうな。でも幸い、今はお前がいる。試した時にもし無理だったとしても、お前がその者を助けるから壺に呑まれることはない」

突拍子《とっぴょうし》もない提案に、エリアスが絶句している。

「父上にはそう言って、俺が責任者になるからと必死に説得したよ。それはもう命がけで。――だが俺が言い出す前から、父上も同じことを考えていたはずだ。そうでないと、災厄《さいやく》の壺についてユノに教える時に俺を同席なんてさせない。前からクルーガ家のことを案じていて何とかしたかったんだよ」

エリアスが大きく目を見開いた。

(そうだったんだ……。よおし、私も)

ユノは手鏡の破片を包んだハンカチをテーブルに置いた。

ハンカチを広げると、バラバラになった破片が転がり出る。

深呼吸をして両手をかざした。

浄化《じょうか》魔法には再生能力もある。心を込めて、手鏡の破片に魔力を送った。

ユノの両手が白く光り出す。

怒《おこ》っていたエリアスがこちらを向いた。

まばゆい光に包まれるユノ。その中で破片が次々と宙に浮かび、元の手鏡の形に戻《もど》っていく。

ディルクが微笑《ほほえ》みながら、エリアスは目を見開いてその光景に見入っている。

やがて光が収まり、手鏡が元通りになった――はずが、

(やっぱり魔力と邪気は元に戻らないのね)

バラバラだった残骸《ざんがい》がくっついて、見た目は元の手鏡に戻った。だが中身は違う。やはり壺に吸い取られたものは元に戻らないようだ。

不思議と真っ黒だった鏡面が、普通《ふつう》の鏡のようにユノの顔を映し出していたから期待したのだが。

今の手鏡は、いわばごく普通のどこにでもある手鏡である。

「おおっ、バラバラだったのが元の形に戻ったぞ！」

「これが聖女様の魔力か。すごいな！」

魔法使いたちが歓声《かんせい》を上げた。しかし、

(これじゃ手鏡の伝えたいことが永久にわからないままだわ)

それは絶対に避《さ》けないといけない。この手鏡は何か言いたいことがあって魔具となったのだから。

どうにかしないと。周囲を見回すと、ルーベンが魔法使いたちに浄化魔法がどういうものか切々と説いていた。

「ルーベン様、少しよろしいですか？　この手鏡のことなんですが」

「何だ？」

「魔具部屋にあったものなんですが、魔力と邪気を失ってしまって浄化魔法でも何もわからないんです。大聖堂経由で預かったものだと思うんですが、持ち主を捜《さが》してもらうことはできますか？」

浄化魔法でわからないとなれば人海戦術しかない。頼《たよ》りになるのはルーベンだ。

頼りにされたルーベンはまんざらでもないようで、手鏡を手に取りふむふむとひっくり返して確認《かくにん》する。

「少し古いものだな。五、六十年前くらいか。預けにきたのはそれ以降だろう。老修道士たちに聞けば、何かわかるかもしれない。私が捜してみよう」

「よろしくお願いします」

ホッとして頭を下げた。

「それより魔力と邪気を失ったというのは、クルーガ家に封印《ふういん》されているという魔具がしたことなんだな？　災厄の壺《つぼ》と呼ばれているとか」

「はい。百五十年前に作られた魔具です。他の魔具の魔力と邪気を吸い取って、自分のものにしてしまいます」

しかも人間も呑み込む。

「それほど怖《おそ》ろしい魔具が存在するとは。――お一人でよく封じられておりましたね、エリアス様」

近づいてきたエリアスに、ルーベンが感心した声で言った。

エリアスが仏頂面《ぶっちょうづら》で答える。

「それほどでもない」

「えっ？　ですが体力も魔力も酷使《こくし》するのでしょう？　元気そうに見えてエリアス様のお体はボロボロなのだと、ディルク様がおっしゃっておりましたが」

「――災厄の壺のことをどこまで聞いたんだ？」

「代々の国王が受け継《つ》ぎ、秘密裏《ひみつり》にクルーガ家に封じさせていたと。封印者が体を壊《こわ》すほど、強力で怖ろしい魔具だと」

「怖ろしい魔具だが、僕一人で何とかなる。ディルク殿下《でんか》が君たちを勝手に連れてきただけで、僕自身は了承《りょうしょう》していない。帰ってくれ」

「えっ？　ですがエリアス様への協力は、国王陛下のご命令でもありますが？」

言い返せず不満を眉間《みけん》の皺《しわ》に刻むエリアスに、ちょうどやってきたディルクが笑う。

エリアスがじろりとにらんだ。

「何を笑っておられるのですか？」

「面白《おもしろ》いから」

「――先にこの館《やかた》を出ていかれた時はかなり落ち込んでおられたのに、今はずいぶんとお元気そうですね」

「そうだろう。俺もそう思う。それに情けなかったぶんは挽回《ばんかい》しないといけないからな」

顔をしかめるエリアスの前で、ディルクが笑ってユノを見た。

「全《すべ》てユノのおかげだ」

とんでもない、と首を横に振《ふ》る。けれどディルクが元気なのは嬉《うれ》しい。

笑い合うユノとディルクに、エリアスが不快そうに眉根《まゆね》を寄せた。

ユノはそんなエリアスを見上げた。

「前から疑問に思っていたことがあるんです。魔具《まぐ》になる物とならない物の差はどこにあるのかと」

人間に大切にされ、年月を経て強い思いを持った物が魔具となる。その説明は漠然《ばくぜん》とし過ぎていないか。

そのような物は世の中にあふれるほど存在するだろう。

では魔力と邪気《じゃき》を併《あわ》せ持ち、魔具となる物とそうでない物の差は何なのか。

「ユノも疑問に思っていたのか」

ディルクの言葉に頷《うなず》いた。

前から不思議には思っていたけれど、決定的になったのはタイの時だ。

タイはまだ新しいものだった。ミシェルがサウザン伯爵《はくしゃく》に贈《おく》ったのが半年前というから、その頃《ころ》に作られたものだろう。

魔具はある程度年数が経《た》っている物がなると思っていたけれど、そうではなかった。持ち主の思い入れにもよるのかもしれないが、それにしてもだ。

「災厄の壺が影響《えいきょう》しているのではありませんか？」

壺の強力な魔力と邪気に呼応した物が、おそらく魔具となる。

今までユノが見た魔具は全て、持ち主を心配してそのことを伝えたがっていた。

そもそもの壺自身がそうだからなのだ。

（以前にタイの邪気量が変化したのも、壺が関係していたのかしら？　魔具の邪気を吸い取ることができるならその逆もできるということ？　じゃあ、もしかして人の――）

「エリアス！」

そこへ、宮廷《きゅうてい》魔法使いたちが寄ってきた。

ローブ姿の彼らがあっという間にエリアスを囲む。

「まさかこんな大役を担《にな》っていたなんて知らなかったよ。エリアスは無口だし、ほとんど自分の話もしないから全く気づかなかった。ごめんな」

「具合が悪そうな時もあったけど、お前が平気だと言うから信じてしまっていたよ。ちっとも平気じゃなかったんだな。悪かった」

「俺たちの中でもずば抜《ぬ》けた魔力の高さだし、顔がよくて地位もあるから、国王陛下からひいきされていると勘違《かんちが》いしていたよ。実は災厄の魔具の封印なんて、すごいことをしていたんだな。これからは俺たちも手伝うから。その魔具の封印ができなくても、通常の封印魔法は使えるから少しでも助力できるように頑張《がんば》るよ」

（そうだわ、彼らはエリアス様の仲間なのよね）

会話から察するに、宮廷魔法使いの仕事中も寡黙《かもく》で素っ気ないのだろう。

けれど今は仲間から謝罪と、そして手助けを申し込まれてひどく戸惑《とまど》っているように見えた。

エリアスを心配している彼らの横で、国王直属の老魔法使いたちがやる気に満ちた顔で準備運動を始めている。

何て力が湧《わ》く光景だろう。

微笑むユノの前で、エリアスが苛立《いらだ》った様子で部屋を出ていった。

エリアスは憤然《ふんぜん》と廊下《ろうか》を進んだ。少しでも彼らから離《はな》れたかった。いつもと違って心が揺《ゆ》れる。

（冗談《じょうだん》じゃない。どうなっているんだ）

首謀者《しゅぼうしゃ》であろうディルクに怒《いか》りをぶつけたいが、国王の許しを得て彼らを連れてきたと言っていた。これは国王の知るところ、いや、国王自身の望みなのだ。

裏切られたような気分だ。

これまでクルーガ家の者たちが命を削《けず》って尽《つ》くしたお役目を、いとも簡単に剝奪《はくだつ》するなんて。

（――いや、最初に、壺を封印するのは限界だと陛下に告げたのは僕だったな）

フォーカス公爵との約束で。

国王がクルーガ家の負担を減らそうとして、ディルクに了承したのもわかっている。

（だがこの一件が知られたら僕も父も、そしてクルーガ家もおしまいだ）

フォーカスは国王に事実を告げるだろう。

十三年前、この地下室で起きた事実を。

エリアスは強く拳《こぶし》を握《にぎ》りしめた。

クルーガ家も自分もどうなっても構わない。だが父だけは駄目《だめ》だ。父を不幸にするわけにはいかない。

エリアスは力なく顔を上げた。

その目に疲《つか》れの色がにじんでいるのを、自身はわかっていない。

（全ては、十三年前のあの出来事から始まったんだ——）

エリアスがわずか五歳で父から封印《ふういん》の役目を継いだ途端《とたん》、父は倒《たお》れた。

すでに限界を超《こ》えていたのだろう。寝《ね》たり起きたりの生活になってしまった。

そんな父を、母は毎日なじった。

『情けない。エリアスが可哀想《かわいそう》だわ』

『本当に役立たずね。そのお役目を全《まっと》うすることだけが、あなたの存在意義なのに』

わざわざ父が寝ている寝室《しんしつ》にまでいって文句を言い続け、起き上がれない父をクッションで殴《なぐ》るまでした。

今ならわかる。母は上昇《じょうしょう》志向が強いお嬢様《じょうさま》で、何か不都合なことがあれば悪いのは自分ではなく他人だと責任をなすりつける人だった。

元々、両親は双方《そうほう》の親同士が決めた愛のない結婚《けっこん》だった。

母は、クルーガ家が国王から栄《は》えある役目を賜《たまわ》っている家だから嫁《とつ》いできたのだ。

だからその父が早々に倒れ、その役目を幼い息子《むすこ》が継ぐしかなくなり、母の中で父は「重大な契約違反者《けいやくいはんしや》」でしかなくなったのだろう。

毎日、当然のように父を責め続けた。

当時のエリアスは母の、

『エリアスが可哀想だわ』

との言葉が嫌《いや》でたまらなかった。そんなこと自分は全く思っていないのに、母にとって都合よく使われるのが。

しかし何度そう訴《うった》えても母は、

『子どもにはわからないのよ』

とため息を吐《つ》き、それ以上言うと嫌そうな顔でエリアスの頬《ほお》を叩《たた》いた。

母のほうがおかしいのに、子どもだったエリアスには納得《なっとく》させる語彙《ごい》も話術もない。

母と話すたび、不満と苛立ちが募《つの》った。

だからエリアスは母よりも父が好きだった。

毎日不機嫌《ふきげん》で自分のことしか考えていない母より、穏《おだ》やかで優《やさ》しくてエリアスのことを一番に考えてくれる父のほうが好ましいのは当然だ。

だが母にはそれがわからないようだった。夫にも息子にも恵《めぐ》まれない自分は何て不幸なのだろうとさらに父を責め、時には暴力まで振るった。

父は我慢《がまん》していた。言い返せば母の機嫌《きげん》はますます悪くなり、エリアスに及《およ》ぶのを恐《おそ》れたのだろう。

それに役目を全うできなかったのは事実だという、自分への情けなさも多分にあったはずだ。

子どもだったエリアスにもわかるくらい、父は我慢していた。

けれどどのような人間にも限界がある。

そして十三年前、あの事件は起こった。ユノが「見た」と話した光景のこと——。


(地下室の邪気《じゃき》がいきなり増えた？ どうして？)

十歳になったばかりのエリアスは、二階の自室で本を読んでいて気がついた。

魔力《まりょく》が高く、生まれた時から災厄《さいやく》の壺《つぼ》が身近にあったせいか、少し離れた場所からでも壺の邪気の増減を察することができた。

けれど、おかしい。何かないと、壺の邪気はひとりでに増えない。

地下室へ入れるのは、封印魔法の使える父とエリアスだけだ。

最近、父はベッドで寝ていることが多く滅多《めった》に地下室へはいかない。

胸騒《むなさわ》ぎがする。エリアスはそっと地下室へ下りて、扉《とびら》を開けた。

「えっ……？」

目に飛び込んできたのは、想像すらしていなかった光景だ。

魔法陣《まほうじん》の中央でいつものように鎮座《ちんざ》している壺。その横に、父がうつぶせで倒れているではないか。

そして壺のすぐ前に落ちているのは母の髪飾《かみかざ》り。赤い宝石がついた特注品だ。

魔力を持たない母は、地下室の存在は知っていても一度もきたことがない。なぜそんなものが落ちているのか。

けれどまずは父だ。大丈夫《だいじょうぶ》なのか、早く助けないと。

エリアスは慌《あわ》てて駆《か》け寄った。

「父上！」

その途中《とちゅう》で気づいた。壁際《かべぎわ》に、真っ青な顔で立ち尽くしている人物がいた。

「フォーカス公爵《こうしゃく》？」

唖然《あぜん》とした。

父と懇意《こんい》にしていて、よくクルーガ家にやってくるフォーカス公爵ではないか。父とは性格が真逆のせいか気が合うようで、よく書斎《しょさい》で酒を酌《く》み交《か》わしていた。

若くして亡《な》くなった先代国王の代に、フォーカスの妹が王の末の弟に嫁いだ。国王と縁戚《えんせき》になったフォーカス家は、当時の上級貴族の中でも一歩抜《ぬ》きんでた存在になったという。

しかし現国王に替《か》わった現在は、その勢いが衰《おとろ》えた。あからさまにフォーカスに取り入ろうとする下級貴族も減り、議会での発言権も以前ほど大きくないようだ。

それでも立派な公爵家なのだから充分《じゅうぶん》だろうと思うけれど、野心家のフォーカスはそうではないのかもしれない。

だがフォーカスは好き嫌《きら》いは激しいが、味方にはとことん力になってくれる性格だ。そのため父は頼《たよ》りにしているようだった。

もしかしたら自分の体の衰えを感じ、将来エリアスの力になってもらおうという考えもあったのかもしれない。

だがさすがに、災厄の壺については話さないだろうと思っていた。

封印の役目は代々の国王とクルーガ家だけの秘密だから。

父は常識人で分別もある。事実、今までフォーカスは何度もクルーガ家にやってきたが、父が地下室へ連れていったことはない。

だからこそ、ここにフォーカスがいたことに驚《おどろ》いたのだ。

呆気《あっけ》に取られているエリアスに、フォーカスが叫《さけ》んだ。

「それ以上近づいたら駄目だ！　こっちへくるんだ！」

転びそうな勢いで駆けてくると、強引《ごういん》にエリアスの体を抱《かか》え上げた。

地下室を出ようとしているのだとわかり、エリアスは必死に手足をばたつかせた。

「放してください！　父上が倒れています！　また体調が悪くなったのかもしれない。早くお医者様に診《み》せないと――」

「父上は気絶しているだけだ。彼のほうは心配いらない！」

その言い方に違和感《いわかん》を覚えた。「彼のほう」とは何だ？

エリアスがそう感じたことにフォーカスも気がついたのだろう。

青ざめた顔で言った。

「大丈夫でないのは――君の母上のほうだ」

「母上？」

壺のすぐ前に落ちている髪飾り。やはり母も地下室へきたのか。めずらしい。しかしどこにも姿が見当たらない。

フォーカスが喘《あえ》ぐように続けた。

「私は君の父上に頼《たの》まれて、一人でここへきた。父上は言っていたよ。『エリアスのことや夫婦《ふうふ》の将来のことで、妻と腹を割って話がしたい。けれど妻は自分と二人きりだと話し合いにならない。第三者がいれば妻も冷静になれるはずだ』とね。私は先代国王の縁者《えんじゃ》だから、クルーガ家のお役目のことは先代国王から密《ひそ》かに聞いていたんだ。ここへ入るのは初めてだが」

そうだったのかと驚いた。

「しかし私は所用で遅《おく》れてしまった。ここへ足を踏《ふ》み入れた時、父上は母上に離縁《りえん》を切り出した後だった。母上はしおらしくなるどころか逆上し、君を連れて出ていくと父上を脅《おど》したようだった」

「そんな……」

父が離縁まで考えていたとは衝撃《しょうげき》だった。

しかしその理由は子ども心にもわかった。父自身が辛《つら》いというのもあるだろうが、エリアスへの影響《えいきょう》を心配して母から離《はな》そうとしたのだろう。

しかし考えに考え抜いたそれを、母はおそらく馬鹿《ばか》にしてはねのけたのだ。

「笑ってここから出ていこうとする母上を、父上は充血《じゅうけつ》した目でねめつけるように見ていたよ。……父上は我慢強《がまんづよ》い人だが、さすがに堪忍袋《かんにんぶくろ》の緒《お》が切れたんだろう。突然《とつぜん》うなり声を上げたかと思ったら、母上を担《かつ》いであの壺に近づいた。そして――母上を壺の中へ投げこんだんだ」

エリアスは息を呑《の》んだ。

ではあの赤い宝石のついた髪飾りは、その途中で取れたものなのだ。

百五十年前に壺が何をしたか聞いていた。

声が出せないエリアスに、フォーカスが逡巡《しゅんじゅん》した後でかすれた声で言った。

「壺が左右に動き出して口が広がった。驚いたよ。けれどももっと驚いたのはその後だ。壺が……母上の体をすっぽりと呑み込んだんだ」

その場面があざやかに目に浮《う》かび、悲鳴を上げるところだった。いや、気づかなかっただけで叫んでいたのかもしれない。

それでは父が母を壺に食わせた、殺害したということか――。

「嘘《うそ》です！」

体の奥底から声が出た。

そんなはずない。父が母を殺したなんて、そんなこと有り得るはずがない。

「私も嘘だと思いたいよ！」

フォーカスが負けず劣《おと》らずの大声を出した。

「だが事実だ……母上が完全に壺《つぼ》に呑み込まれた後で、父上が青い顔で私を振《ふ》り返った。とんでもないことをしてしまった、と顔を歪《ゆが》めてつぶやいていたよ。そして気絶して倒《たお》れたんだ。私は恥《は》ずかしながら恐怖《きょうふ》で固まってしまい、君がくるまで一歩も動けなかった」

（そんな……）

絶対に嘘だ。そう思いたいのに心が否定する。母は毎日、父に不満や苛立《いらだ》ちをぶつけていたから。

それに否定したら、フォーカスがここにいる説明がつかない。

地下室の扉《とびら》は中から開けない限り、父かエリアスにしか開けられないのだから。

「ここにいるんだ。父上を連れてくるから」

地下室のすぐ外でフォーカスがエリアスを下ろし、再び開いたままの扉の中に消えた。

一人では危険です、という言葉すら出ない。力が抜けてその場に座り込んだ。

すぐにフォーカスが気絶している父を抱えてきた。

「いこう。辛いのはわかるが立ってくれ。少しでもここから離れたほうがいい」

父を抱えたまま階段を上るフォーカスの後を、足を引きずりながらついていく。

途中でフォーカスのつぶやきが聞こえた。

「あの壺は恐《おそ》ろし過ぎる。クルーガ家が代々の国王陛下から信頼《しんらい》されるのもわかる……」

一階の廊下《ろうか》へつながる隠《かく》し部屋で、フォーカスが振り返った。青ざめて、髪《かみ》が一筋顔に張りついている。

それでもエリアスを見下ろして冷静に言った。

「このことが知られたら君の父上は終わりだ。何せ、故意に妻を殺害したのだから。国王陛下も信頼されていたぶん、落胆《らくたん》が大きいだろう。ばれたら父上は処刑《しょけい》、クルーガ家は取り潰《つぶ》しの刑《けい》を受けるだろう」

「そんな……！」

父が処刑なんて耐《た》えられない。絶対に嫌《いや》だ。

母が亡《な》くなったのは悲しいけれど、エリアスのことを考えて大事にしてくれる父のほうが大切だ。

母のために、優《やさ》しい父が不幸を被《こうむ》るなんて間違《まちが》っている。

涙目《なみだめ》になるエリアスの前に、フォーカスが片膝《かたひざ》をついた。目線が同じ高さになった。

「君は父上を守りたいんだな？」

「はい」

大きく頷《うなず》いた。

「わかった。このことは私と君だけの秘密にしよう。君の母上は、私の屋敷《やしき》の庭園で乗馬をしていて、不幸にも馬から落ちて亡くなったと役人に届け出ておく。私が一緒《いっしょ》にいた、証人だと。それに貸しがある友人がいるから、彼もいたことにしよう。証人は多いほうがいい。君の父上にも、目を覚ましたらそういう風に偽装《ぎそう》したと言っておく」

エリアスは目を見開いた。

幼いながらも聡明《そうめい》なエリアスは、それがフォーカスにどれほどの負担を強《し》いるか理解していた。

偽装だとばれたら、フォーカスもただでは済まない。

「なぜ、そこまでしてくださるのですか……？」

「以前より、君の父上から母上のことで相談を受けていたんだよ。だから責任を感じている……。私もこの館《やかた》を訪《おとず》れた時に何回か耳にしたが、母上の言動はひど過ぎるよ。あれは暴言と言っていい。父上は自身の体調も悪いし、君にとってはたった一人の母親だから耐えると言っていたが――」

残念だ、と目を伏《ふ》せてつぶやいた。

薄々《うすうす》感じてはいたが、やはり父はエリアスのために我慢《がまん》していたのだ。

（そんな我慢、しなくてよかったんですよ。父上）

母はエリアスを心から愛しているわけではないと、子どもも心にわかっていた。

ただ父を攻撃《こうげき》するためのいい材料だから手放さなかっただけだ。

事実、エリアスが封印《ふういん》の役目を継《つ》いでからも「エリアスが可哀想《かわいそう》だわ」と言うのは父に対してだけで、エリアス自身は一度も褒《ほ》められたことも同情されたこともない。

エリアスは歯を食いしばり、声を出さずに泣いた。


フォーカスの言った通り、母はフォーカス家で乗馬中の事故死として処理された。

葬儀《そうぎ》も夫が体調不良で息子《むすこ》も幼いという理由から、クルーガ家と懇意《こんい》にしているフォーカス家で執《と》り行われるようにしてくれた。

そのことに心から感謝した。

だが成長して物事の道理がわかり視野も広くなってくると、なぜそこまでしてくれたのかという疑問も抱《いだ》くようになった。

フォーカスは父とは仲がよかったが、昔から知っているわけでもなく家族ぐるみの付き合いもなかったからだ。

そんな風に考える自分を恩知らずとも思ったけれど。

（父上が母上を壺に呑ませた現場を目撃《もくげき》したのはフォーカス公爵《こうしゃく》だけなんだ――）

そもそも、なぜ父はフォーカスを地下室へ呼んだのか。

あの真面目《まじめ》でお役目に忠実な父が、いくらフォーカスが先代国王から壺について聞かされていたとはいえ、自ら壺を見せるだろうか。

どうしても父の無実を信じたい気持ちから、意を決して聞いてみたことがある。

『母上が亡くなった時のことなんですが、その……地下室での出来事で』

恐る恐る切り出したら、途端《とたん》に父が顔色を変えた。

エリアスの両肩《りようかた》に指が食い込むほどきつく抱き、

『それ以上言うな！　過ぎたことなんだ。お前の母のことは仕方なかった……。私は情けなくて不出来な人間だ。だが、お前を誰《だれ》よりも幸せにしたいと思っている。そのためなら何だってする。頼《たの》むから、もう二度とそのことを口にしないでくれ……！』

呻《うめ》き声混じりに、頼み込むようにうつむく。

ああ、やはり父が母を殺害したのだ。あの壺を使って——。

もしかしたらただの勘違《かんちが》いかもしれないという一縷《いちる》の望みは完全に消えた。

エリアスは天井《てんじよう》を仰《あお》いだ。

こうなれば自分の取る道はただ一つだ。

絶対に父をかばい通す——。

エリアスは廊下の角を曲がった。

ユノから壺の過去が見えた、地下室で両親が言い合う姿だと聞いた時、心臓が飛び出るかと思った。

封印魔法《まほう》を持っていない母は地下室へ入れない。

入ったのはたった一度、忌《い》まわしきあの時だけだ。

聖女の持つ浄化《じょうか》魔法は魔具の過去の光景も見えると知っていたが、高をくくっていた。

災厄《さいやく》の壺はタイや他《ほか》の魔具とはレベルが違う。だからユノには見えないだろう、と。

それなのに見えた。

エリアスが絶対に隠しておきたい過去を言い当てた。

（このままでは危険だ。父が母を壺に呑《の》ませる光景を、ユノに見られたらおしまいじゃないか）

では、どうする――？

壺のすぐ前に落ちていた母の髪飾《かみかざ》りが脳裏《のうり》に浮《う》かんだ。そうだ、壺を使えば跡形《あとかた》もなく人を消せる。

もしユノが姿を消せば、ディルクは壺のことを知っているからエリアスを怪《あや》しむだろうが、証拠《しょうこ》はどこにもない。それが見えるユノもいない。

エリアスの行いは誰にも知られず、今まで通り父を守り通すことができる――。

「エリアス様」

不意に声をかけられた。驚《おどろ》いたが、当のユノが目の前に立っているではないか。

さあ、どうする。廊下に他に人影《ひとかげ》はない。ユノが現れたのは偶然《ぐうぜん》だが、絶好のタイミングだ。

エリアスはユノに手を伸《の》ばした——。

(……まさか、そんなこと考えるはずもない)

苦笑《くしょう》した。父は絶対に守るが、そのために人を殺すなんて考えられない。父もそんなことは望まないだろう。あの優《やさ》しくて穏《おだ》やかな父なら。

(ユノは少し父上に似ている気がする)

ユノを特に好きでもないし、魔力も秀《ひい》でておらず普通《ふつう》だと思う。手鏡を直した時は、白い光に包まれた姿に少し見入ったがそれだけだ。

だがユノは善良だ。

自分を攻撃したタイを心配して、決して責めなかった。最後までタイのために尽《つ》くした。

エリアスが壺《つぼ》に食わせた手鏡もそうだ。怖《おそ》ろしい壺に近づいてまで破片《はへん》を拾い集めた。

そしてありがた迷惑《めいわく》だが、ディルクと一緒にエリアスを助けようとしている。

(そんなユノを、フォーカス公爵は手中に収めて利用しようとしている——)

フォーカスは先代国王の時の栄光を取り戻《もど》したいのだ。

最初はユノをディルクと婚約《こんやく》予定だからと嫌《きら》っていたが、現国王から聖女と認められたため一転して味方にしたがっている。

ゆえに、国王から信頼《しんらい》を得ていてなおかつ自分の言うことを聞くエリアスと結婚させたいのだ。

（了承《りょうしょう》したのは僕だけどな）

父のために――。

天井を仰ぐ。ずっとフォーカスを信じてきた。だがやはり、心のどこかで疑っていたのだと自覚した。

（父上は本当に母上を壺に呑ませたのか？）

エリアスがその状況《じょうきょう》を聞いたのはフォーカスからだけなのだ。

今まで何度も考えたことだが、父に母の最期《さいご》の時のことを聞いた反応と、フォーカスは父とエリアスのために泥《どろ》をかぶってくれたのだからと自分に言い聞かせた。

しかし本当は、もう一度父に確認《かくにん》するのが怖《こわ》かっただけかもしれない。

思い返せば、細かい疑問はいくつもあった。

なぜ父は母との話の場所に地下室を選んだのか。

使用人に聞かれたくないからだと思ったが、母が地下室へきたことはなかったし、なぜわざわざ壺がある場所で話をしようと思ったのか。

そしてやはり、父がフォーカスを地下室に呼んだことに納得《なっとく》がいかない。

そもそもフォーカスは本当に、先代国王から壺のことを聞いたのか。あれは国王とクルーガ家だけの秘密だ。それをただの親戚《しんせき》関係の者に話すのか。

このままユノが壺の過去を見ていけば、近いうちにあの時の出来事が表に出る。

それがずっと怖かった。だからフォーカスの言うことを聞いた。

今でも怖い。誰よりも大切な父を失うかもしれないのだ。

(だがもし、父上が母上を壺に食わせていなかったら——?)

これほど強く希望を持ったのは初めてだ。

エリアスから見たら、信じられないほど楽天的なユノやディルクに感化されているのかもしれない。それは癪《しゃく》だけれど。

だが本当にそうだとしたら、母はどこにいるのだ。まだ生きているのか?

予想もしていない事実が出てきそうで怖くもある。エリアスは身震《みぶる》いした。

父にもう一度聞くのが一番いいが、最近は眠《ねむ》ってばかりだ。ショックを与《あた》えてすでに少ない命を削《けず》るのは絶対に避《さ》けたい。

(とすると、やはりフォーカス公爵か)

もう一度、きちんと聞く必要がある。

あの時の真実を——。

るのか。

「エリアス様、どこへいかれるのですか？」

突然《とつぜん》、ユノに言い当てられて驚いた。なぜエリアスがどこかへいこうとしているとわかるのか。

エリアスの疑問に気づいたようでユノが微笑《ほほえ》んだ。

「地下室で壺がかすかに動いている気配がしたので、きっとエリアス様に何かあったんだろうなと思いました」

何だ、それは。壺を親身に思うのは勝手だが、巻き込むのはやめて欲しい。

不愉快《ふゆかい》を込めて顔をしかめたが、ユノの表情は変わらない。

「どこへいかれるのですか？」

しつこい。うんざりだ。

それでも不思議と、口にしてみようかと思った。自分の考えを話してみようかと。

こんなことは初めてだ。

（色々と予期せぬことが続いたから、普段の自分らしくないことを考えるんだな）

弱いと侮《あなど》っていたユノが強かったことや、ディルクが大勢の人間をクルーガ家へ連れてきたこと。国王の壺に対する考えの変化もそうだ。

しかし、これは自分と両親に関することだ。ユノやディルクには関係ない。エリアスが自分一人で解決しないといけない。

だから、いつもの冷たい声で言った。

「別にどこでもない。騒《さわ》がしいから、気分転換《てんかん》に庭へ出ようと思っただけだ」

「――そうですか」

早足で立ち去るエリアスの背中を、ユノが何か言いたげにじっと見つめていた。

フォーカス家は王都の中心部でも一等地にあり、敷地《しきち》も広い。先代国王の時からだ。

「公爵《こうしゃく》はおられるか？」

馬車を飛ばしてきたエリアスは、玄関《げんかん》ホールで執事《しつじ》に聞いた。

「失礼ですが、お約束はされて――」

「お前が突然訪ねてくるなんてめずらしいな」

執事の後ろから、笑みを浮かべたフォーカスが現れた。

「お聞きしたいことがあります。十三年前の件で」

低い声でエリアスが切り出すと、

「書斎《しょさい》で話をしようか」

笑みを消したフォーカスが書斎の扉《とびら》を閉めて、真剣《しんけん》な顔で向き合った。

「それで何を聞きたいんだ？」

「ユノの浄化魔法《じょうかまほう》は、魔具が見た過去の光景も見ることができます。その上でお聞きします。十三年前、うちの地下室で父が母を壺に食わせたところを確かに見たのですね？」

「何だ、そんなことか。もちろんだ。私は確かにあそこにいて、あの恐《おそ》ろしい一部始終を見た。もしや、ユノが何か違《ちが》うことを言ったのか？」

フォーカスが苦笑して続ける。

「おいおい、お前はユノの魔力を信じていなかっただろう？　それなのに信じる気になったのか？　ユノが何を言ったかは知らないが、全《すべ》てでたらめだよ。やはり聖女の魔力などというのは嘘《うそ》だな。国王陛下も騙《だま》されておられるのではないか」

心配そうに顔を曇《くも》らせた。

その表情からは、とても嘘を吐《つ》いているとは思えない。

だが、ここでやめるつもりはない。

父が母との話の場所になぜ地下室を選んだか、父がなぜフォーカスに壺を見せたのか、疑問が残るからだ。

それにやはり、先代国王がフォーカスに重要機密の壺について話したとは思えない。

ではなぜフォーカスは壺について知っていたのか。

父も先代国王も話していないとすれば、残るはただ一人——。

いつもと違い、じっと押し黙《だま》ったまま反抗《はんこう》的な態度を見せるエリアスに、フォーカスが苛立《いらだ》ったように口を開いた。

「おやおや、これまでとは違ってずいぶんユノに入れ込んでいるようだな。結婚相手に情でも移ったか？」

「結婚はしません。ユノはディルク殿下《でんか》を選びましたから。もうすぐ婚約するでしょう」

「何だと？　話が違うぞ。私との約束を破るつもりか？」

フォーカスが顔色を変えた。

「――陛下に知られてもいいのか？」

父が母を壺に食わせて殺害したことを。

そんなことをされたら、父もエリアスもクルーガ家も終わる。

しかし、

「なるべく考えないようにしてきましたが、母が壺《つぼ》に食われたのを見たのはあなただけです」

「今さら何を言うんだ。私は確かにこの目で見た。それにあの時、お前も納得したはずだ。それなのに今さら何だというんだ」

「十三年前はまだ分別のつかない子どもでした。ですが今は違います」

フォーカスの顔が不機嫌《ふきげん》そうに歪《ゆが》んだ。

エリアスは続けた。

「実はユノが見たのは、母が地下室を出ようとしていたところまでなのです」

「そうか」

拍子抜《ひょうしぬ》けしたのか、それとも気が緩《ゆる》んだのか、フォーカスの顔に一瞬《いっしゅん》だけ安堵《あんど》の色が見えた。嫌《いや》な予感がした。

「ですがこれから戻《もど》って、その続きをユノに見てもらいます。母が地下室を出ようとしていたところの続きを詳《くわ》しく」

ただのはったりだ。浄化魔法は見たい光景を見られるものではないと知っている。

胸のざわめきを押し殺して見つめると、フォーカスがサッと顔色を変えた。

（まさか……）

愕然《がくぜん》とした思いが喉元《のどもと》を突《つ》き上げた。

（まさか本当に、十三年前のことは嘘だったのか？）

父が母を殺害していないとすれば喜ぶべきことだ。

だがそれでは、苦しんだこの十三年間は何だったのか。ふざけるな、と激しい怒《いか》りが湧《わ》いた。

事実を突き止めようとフォーカスに一歩近づいた時、背後から後頭部に衝撃《しょうげき》が走った。

「なっ……!?」

足がふらつく。立っていられない。

追い詰《つ》めるように二度、三度と衝撃がきて、激しい痛みが重なった。

倒《たお》れながらも何とか確かめようと振《ふ》り返る。フォーカスより背が低く、首にスカーフを巻いている。

陶器《とうき》の置物を手にした人影《ひとかげ》が見えた。

(一体、誰《だれ》が……?)

だが視界がぼんやりして、顔がよく見えない。

フォーカスの怒りを含《ふく》んだ声が聞こえた。

「エリアス、まさかお前が私を裏切るとはな。だが誰にも邪魔《じゃま》はさせない。お前が聖女を取り込まないというなら聖女も邪魔だ」

しまったと血の気が引いた。

フォーカスはユノも同じ目に遭《あ》わせようとしている。いや、それ以上かもしれない。

(逃《に》げろ……)

必死の言葉は声にならなかった。

悔《くや》しさを噛《か》みしめ、エリアスはありったけの魔力をこめて魔《ま》法弾《ほうだん》を放った。

しかしフォーカスをここで止めないと。ユノを巻き込むわけにはいかない。

フォーカスをかばうように、先ほどの人影が立ちはだかった。弾《たま》が人影の腕《うで》をかすり、呻《うめ》き声を上げる。

（くそっ……！）

視界が揺《ゆ》れた。

後頭部に血のぬるぬるとした感覚を覚えながらも、もう一度魔法弾を撃《う》とうとすると、今度は背中にすさまじい衝撃がきた。意識が薄《うす》れる。

十三年前にフォーカスが言ったことが嘘なら、どうして父はあんな態度を取ったのか。母を殺害していないのに。

それにもし母が生きているなら、今どこにいる。

この十三年間どこにいたのだ――。

気を失うエリアスの耳に、フォーカスの低い笑い声が響《ひび》いた。


クルーガ家でユノがお手洗いにいこうと廊下《ろうか》に出ると、侍女《じじょ》に呼び止められた。初めて見る侍女だ。

「エリアス様からのご伝言です。今すぐお一人で誰にも言わず、前庭へきて欲しいと」

「誰にも言わず、ですか？　でも――」

「壺に関することで大事なことを思い出した、とおっしゃっていましたが」

災厄《さいやく》の壺のことだ。何かわかったのか。気がせいて、ユノは駆《か》けるように前庭へ向かった。

(エリアス様はどこにいらっしゃるの?)

前庭は高い木がないので周りが見渡《みわた》しやすい。それでもエリアスの姿はどこにも見当たらない。

門の前に、黒い馬車が停《と》まっているのに気がついた。

まるで待っていたように中から扉が開く。ためらいながらも乗り込むと、エリアスではなく、品よく白髪《しらが》の交じった男性が一人座っていた。

男性が鷹揚《おうよう》な笑《え》みを浮《う》かべる。

「初めまして、聖女。私はフォーカス家の当主だ」

「フォーカス公爵《こうしやく》……」

「エリアスはフォーカス家にいるよ。君一人だけを連れてきて欲しいと頼《たの》まれてね、迎《むか》えにきたんだ。さあ、いこう」

有無《うむ》を言わせぬ口調に戸惑《とまど》ったが、フォーカスはクルーガ家と懇意《こんい》にしていると言っていた。

馬車が走り出した。石畳《いしだたみ》の道を通り抜《ぬ》け、小川を渡《わた》る。

フォーカス家に到着《とうちやく》し、中庭に面したフォーカスの書斎《しよさい》に通された。

オーク材の大きなデスクに、棚《たな》に並ぶいくつもの純銀製の置物。窓際《まどぎわ》には、金の肘掛《ひじか》けがついたゆったりしたチェアーが置いてある。

「失礼いたします」

おずおずと足を踏《ふ》み入れたが、エリアスの姿はどこにもない。

「エリアス様はどこにおられるのですか？」

「それより聞きたいことがある。十三年前のクルーガ侯爵《こうしゃく》家の件について、君はどこまで知っているんだ？」

探《さぐ》るようにねめつけられて背筋が寒くなった。

けれどこのあたりが限界だ。どこまで引き延ばせばいいのかわからない。だから片をつけよう。

「そうですね。あなたがエリアス様のお母様の死に関《かか》わっておられることを」

「エリアスが言ったのだな。まさか、あいつが他人にそのことを話すとはな。それで私が関わっているとはどういう意味かね？」

ユノは覚悟《かくご》を決めて言った。

「公爵、あなたがエリアス様のお母様を殺害したのですね」

フォーカスがぽかんとした後、笑い出した。

「突然《とつぜん》、何を言い出すかと思えば馬鹿《ばか》らしい。クルーガ夫人は、夫であるクルーガ侯爵があの壺に故意に食わせて殺害したのだ。エリアスからそう聞いたはずだが」

怖《おそ》ろしいことだと笑みを消してつぶやくフォーカスを、ユノは否定した。

「あなたから前庭に呼び出される前に、クルーガ邸《てい》の地下室へいきました。災厄の壺に、過去の光景をもっと見せてもらいたくて」


エリアスがいなくなってしまったため、ユノはディルクとルーベン、それに魔法使いたちと全員で地下室へ下りた。

といっても、さすがに扉《とびら》を開けるわけにはいかない。

そっと扉に耳を押し当てると、分厚い扉越《とびらご》しでも壺がガタガタと激しく揺れる音がした。

「何だ、この気配は……」

「すごい魔力だな……」

初めて聞く不穏《ふおん》な音と禍々《まがまが》しい気配に、魔法使いたちが息を呑《の》んだ。

ユノも怖ろしいけれど、壺《つぼ》がエリアスを心配しているとわかったからか以前ほどではない。

エリアスの過去の記憶《きおく》も前に見せてくれた。

絶対に、ユノに伝えたいことがあるはずなのだ。

そう思うと、この音も大声で訴《うった》えているように思える。

「エリアス様のことでしょう？　あなたはエリアス様が心配で、何か伝えたいことがあってこうして動いているのよね？」

扉に口をつけるようにして大声で確認《かくにん》したが、返事はない。

動く音はますます激しくなる。

ルーベンと魔法使いたちが扉に向かって封印《ふういん》魔法をかけ始めた。効くかどうかはわからない。だが扉が光で見えなくなるほどの勢いだ。

「……この音は何だ？」

ユノを守るようにすぐ隣《となり》に張りついているディルクが、いぶかしげにつぶやいた。

中でズリズリと引きずるような音が、ゆっくりと近づいてくるのだ。

思いついて、鳥肌《とりはだ》が立った。壺がこちらに、おそらくユノ目掛《めが》けて這《は》うように移動している。

時折交じる硬《かた》いものを砕《くだ》くような音は、おそらくエリアスの封印魔法がかかっているのに無理に動いてくるため、壺が通った跡《あと》に床《ゆか》がえぐれているのではないか。

体の底から恐怖《きょうふ》が上ってきた。

思わず扉から離《はな》れようとしたユノの手を、ディルクが強く握《にぎ》る。同時に向けられた、安心させるような笑みにハッとした。

そうだ、ここでやめるわけにはいかない。

エリアスはきっとフォーカス公爵のところへいったのだ。エリアスの苦悩《くのう》はフォーカスが鍵《かぎ》なのではないか。

だが、その理由がわからない。

そしてそれがわからないと、壺の伝えたいことも見当がつかない。

ディルクの手をしっかりと握り返し、必死に叫《さけ》んだ。

「あなたはエリアス様を心配している。私たちもエリアス様を救いたいのよ。お願い、あなたの伝えたいことを私に見せて！」

扉に壺が勢いよくぶつかる音がした。その音は、扉越しだが確実にユノの顔の前で聞こえた。ユノに狙《ねら》いを定めている。膝《ひざ》から力が抜けそうだ。

それでも動かなかった。浄化《じょうか》すると決めたのだ。

だから目に力を込めて、扉越しに壺を見据《みす》えた。

すると——脳裏《のうり》に光景があざやかに浮かんだ。

(これは十三年前、お母様が地下室から出ていこうとした後の光景だわ)

そして十三年前の真実——。

離縁《りえん》を申し出たが逆にエリアスを連れていくと脅《おど》されて、エリアスの父が母への怒《いか》りに顔を赤く染めて壺を見た。

ユノは息を呑んだ。
しかし——そこで父が諦《あきら》めたように肩《かた》を落としたのだ。
そしてそのまま、地下室を出ようとする母の後ろ姿を見送った。
（やっぱりお父様は、お母様を壺に呑ませていなかったんだわ）
どれほど悔《くや》しいか想像すると胸が痛むが、心からホッとした。
ではやはり母が亡《な》くなったのは乗馬中の事故なのか。
母が地下室から出ようと扉に手をかけたところで、扉が外からノックされた。
エリアスがきたのか？　しかしエリアスならノックなどせずに自分で開けるだろう。
父も誰《だれ》かわからないのか、いぶかしげな顔をしている。
顕著《けんちょ》に反応したのは母だった。待ちわびたように内側から扉を開けた。
笑みを浮《う》かべて入ってきたのは、フォーカスではないか。
「フォーカス公爵!?　なぜここに——」
驚《おどろ》きにあえぐ父だが、
「遅《おそ》かったですね、公爵。ずっと待っていたのですよ」
と、母が親しげに話しかけたので目を見開いたまま固まってしまった。
ユノも驚いた。まさか母がフォーカスを手引きしたとは。
フォーカスが床に描《えが》かれた魔法陣《まほうじん》と鎮座《ちんざ》する黒い壺を見て、感嘆《かんたん》の声を出した。

「君が教えてくれた災厄《さいやく》の壺があれか。クルーガ家が代々の国王陛下から、封印の役目を賜《たまわ》っているという」

「そうですわ。今は私の幼い息子《むすこ》、エリアスがそのお役目を立派に継《つ》いでおります。公爵、実はあの壺は人を食べるのですよ」

「まさかそんなことが⁉」

「主人がエリアスに教えていたのを聞きましたから確かです。そうでしょう、あなた？」

父が青ざめた顔を母に向けた。

「何てことを……それはクルーガ家が絶対に守るべき秘密だぞ。それを——」

「公爵が知りたがっておられたのだから仕方ないわ。無能なあなたと違《ちが》って、公爵は上《じょう》昇《しょう》志向があるところが私と似ておられるの。私のことをわかってくださる。私たちは同志なの。だから助け合うのは当然よ」

誇《ほこ》らしげに悠々《ゆうゆう》と話す。

母はフォーカスと親しかったのか、とユノは衝撃《しょうげき》を受けた。

フォーカスが母に鷹揚《おうよう》に笑いかけた。

「ありがとう。助かったよ」

「いいえ。何でもないことですわ」

母も愛想《あいそ》のいい笑《え》みを返し、そして父を馬鹿にするように一瞥《いちべつ》した。

父の顔色は蒼白《そうはく》だ。ユノはハラハラした。

（お父様は大丈夫《だいじょうぶ》なの？　こんなのってない……）

しかし父は大きく息を吐《は》き切ると、諦めたような笑みを浮かべたのだ。

「なるほど。公爵《こうしゃく》が貴族議会で権力を手に入れるために、国王陛下とつながっている我がクルーガ家の秘密を知りたいのはわかっていました。だから私に近付いて友人となったことも。だが何度聞いても私は口を割らない。だから標的を妻に変えたのですね」

どこか達観したような口調だ。

眉根《まゆね》を寄せるフォーカスの前で、父が冷静に母を見た。

「陛下からの頼《たの》まれごとだ。クルーガ家の者以外には絶対に秘密にしておくと、この家に嫁《とつ》いだ時に誓《ちか》ったはずだ」

「そんなの、あなたが黙《だま》っていれば済む話でしょう。公爵が知りたがっておられるんだから話して当然よ」

「そうか……私との話し合いの場を地下室に選んだのは、公爵を手引きするためか。おかしいとは思ったが」

父が呆《あき》れたような顔をして、そしてフォーカスに言う。

「妻には先ほど別れようと切り出しました。妻は承諾《しょうだく》しませんでしたが構いません。私はエリアスと二人で生きていきます。妻の分まであの子を愛していきます」

母が叫んだ。

「何を勝手なことを！　私はそんなこと許さないと言ったはずよ！」

「君は国王陛下からの秘密を、故意に他者に漏《も》らした。このことは充分《じゅうぶん》な離縁の理由になる。それに君は将来エリアスがお役目を継げなくなった時、今度はあの子を無能だとなじるだろう。そんな母親はエリアスにとっていないほうがいい。私はエリアスのためとずっと我慢《がまん》していたが、今は違う」

「なっ……！」

体を震《ふる》わせる母の前で、父がフォーカスに続ける。

「あなたがクルーガ家の秘密を無理やり知ったことを陛下に申し上げます。妻を味方につければ私が折れるだろうと考えたのでしょうが、私は妻とは縁《えん》を切りますので。あなたはそれをやり過ぎだ。他《ほか》の貴族からもあなたに対して様々な反発が上がっています。あなたはそれを強引《ごういん》に押さえつけていますが、私はそのことも含《ふく》めて全《すべ》てを申し上げるつもりです」

途端《とたん》に、フォーカスが顔色を変えた。

エリアスのために我慢して結婚《けっこん》生活を続ける気弱な父なら、母のせいで秘密がばれても諦めてフォーカスに協力すると侮《あなど》っていたのだろう。

「待て！　私にそんな口をきいていいのか⁉」

「構いません。先ほども申しましたが、あなたはやり過ぎました」

淡々《たんたん》と話す父。フォーカスの顔に焦《あせ》りが見えた。

「待ってくれ。そのことが陛下に知られたら私は終わりだ」

「自業自得《じごうじとく》でしょう。あなたは自分に敵対する立場の者には残酷《ざんこく》ともいえる仕打ちをなさるのに、ご自分にはずいぶんと甘いのですね。明日にでも陛下の宮殿《きゅうでん》へ参ります。それではそろそろ、ここを出ましょうか」

父がフォーカスに背を向けた。

フォーカスがねめつけるようにその背中を見た。瞬間《しゅんかん》、

(嫌《いや》っ！)

ユノは心の中で叫んだ。

「きゃあぁっ！」

母も悲鳴を上げた。

鬼《おに》のような形相のフォーカスが部屋の隅《すみ》に置かれた古い火かき棒を手にし、父の後頭部目掛《めが》けて思い切り振《ふ》り下ろしたのだ。

派手な音を立てて、父が壺《つぼ》の横にうつぶせに倒《たお》れた。

(ご無事なの!?)

フォーカスもさすがにまずいことをしたと思ったのか、父の横に急いで膝をついた。

「気絶しているだけか……」

ホッとしたように息を吐く。

その時、壺がカタカタとかすかに動いた。

「何だ⁉　壺が動いている？　そうか、人を食うのだったな……」

母が喘《あえ》ぎながらその場に座り込んだ。恐《おそ》ろしさから腰《こし》が抜《ぬ》けたようだ。

フォーカスは父が国王に話す前に何か打開策を見つけないと、と思案している様子だったが、壺と母を交互《こうご》に見て不意に小さく笑みを浮かべた。

「いい方法を思いついた」

大股《おおまた》で母に近付く。青ざめた母が叫《さけ》んだ。

「何をなさるつもり⁉　私とあなたは同志ですよ。私の上昇志向をご自分と似ていると褒《ほ》めてくださったでしょう？　だから頼まれた通り壺について教えて、ここへも案内したのです！　どうにかするなら主人にしてちょうだい！　壺を封《ふう》じるお役目はとっくにエリアスに替《か》わったんだもの。主人がいなくなっても何も変わらないわ。そうすれば私はエリアスを生涯《しょうがい》放さず、自分の許《もと》に抱《かか》え込んで生きていきますから！」

その言葉に、フォーカスが心外だと言いたげに息を吐いた。

「何を言うかと思えば。勘違《かんちが》いしないで欲しいな。私が同志の君を手にかけるなんてそんなわけがないだろう」

母が安堵《あんど》した顔をした。恥《は》ずかしそうに微笑《ほほえ》む。

「そうですよね。私ったら何てことを……。申し訳ございません。私をわかってくださった公爵に失礼なことを申し上げました」

「構わないよ。だが頼みがある。このままでは私も君も将来が危《あや》うい。だから君は今すぐここを出て、誰にも見られずに私が乗ってきた馬車でうちの館《やかた》へ向かってくれ。そして私の書斎《しょさい》で、私が到着《とうちゃく》するまで一人で息をひそめているんだ。後のことは全て私がしておく。私に任せて欲しい。いいね？」

フォーカスの言葉は下手をしたら、一人で父を処理する、ともとれる。

母はどう答えるのかとユノは息を呑《の》んだが、何と母は微笑んだのだ。

「ええ。その通りにいたします」

過去の光景といえど悲しくなった。

「よかった。それでは君が着けている髪飾《かみかざ》りを貸してくれないか？」

「構いませんが、何のためにですか？」

「私が考えた筋書きのためだよ。後で、書斎で教えよう」

母が満足げに頷《うなず》き、素直《すなお》に赤い宝石のついた髪飾りを渡《わた》した。

そして地下室を出ていった。

（――待って。じゃあ、お母様は今も生きていらっしゃるの？）

十三年間も一体どこにいたのだと思った瞬間、フォーカスがおもむろに髪飾りを壺の横

に置いた。そして少し離《はな》れて確認《かくにん》するように眺《なが》め、

「ふむ、いい出来だ。これで夫人が自ら壺に飛び込んだように見えるな」

その言葉にハッとした。

（これが公爵の考えた筋書きなんだわ）

母のいないところで、涙《なみだ》ながらに父に告げる気なのだろう。傲慢《ごうまん》な母が離縁《りえん》されるくらいなら自死してやると自ら壺に飛び込んだ、咄嗟《とっさ》のことで止められなかった、と。

そうすれば優《やさ》しい父は自身を責める。

何て残酷で怖《おそ》ろしいことを考えつくのか。

背筋が冷たくなったユノの前で、フォーカスがつぶやく。

「さすがにクルーガ侯爵《こうしゃく》も、夫人が壺を使って自死したと陛下に報告はできないだろう。私が黙っておくと言えば、クルーガ侯爵の弱味を握《にぎ》れることになる。そもそも私が必要なのは、陛下から信頼《しんらい》されているクルーガ侯爵のほうだ。夫人ではない。全く、馬鹿《ばか》で甘ったれた女だ。簡単に夫を裏切る者を私が信用するわけがないのに」

忌々《いまいま》しげな口調だ。

そうか。父には母が自死したと告げるけれど、わがままで自分のことしか考えない母はフォーカスにとって時限爆弾《ばくだん》のようなものだ。だから――。

「邪魔《じゃま》になった夫人は、後で書斎で始末することにしよう。都合のいいことに、彼女の死

の罪を背負うのは私ではないからな」

やはりだ。おぞまし過ぎて寒気がした。

フォーカスもさすがに特殊《とくしゅ》な状況《じょうきょう》に興奮しているのか、熱に浮《う》かされたように次々に考えを口にする。

「夫人の遺体は、うちの裏庭にでも埋《う》めさせるか。これで全てうまくいく」

そこへ突然《とつぜん》、扉《とびら》に光る魔法文字が浮き上がった。

フォーカスがはじかれたように顔を向けたが、扉の封印が解かれたのだ。

そして不思議そうな顔をした、幼い十歳のエリアスが入ってきた――。


「これが、壺が私に見せてくれた過去の光景です」

ユノは静かに話し終えた。

フォーカスは一言も話さない。重い沈黙《ちんもく》が流れた。

「この後、あなたが咄嗟にエリアス様に嘘《うそ》をついたところも見ました」

父が母を壺に食わせて殺害した、と。

何てひどい。だからエリアスはユノが過去の光景を口にした時、怯《おび》えた様子を見せたのだ。とても許せることではない。

しかしそこで、不意にフォーカスが笑い出した。

どうしたというのだ。笑うような場面ではない。眉根《まゆね》を寄せるユノに、

「聖女の浄化《じょうか》魔法はこんなものか。まるで嘘ばかりじゃないか。本当は、私がクルーガ夫人を殺害した？　その罪をクルーガ侯爵になすりつけた？　馬鹿馬鹿《ばか》しい」

「ですが真実です」

「ほう。では聞くが、当時の地下室でのその場面を、君以外の誰《だれ》かが同じように見られるのかな？」

何を言われているのかわからない。

浄化魔法を使えるのはユノ一人だ。

「では君が見たという光景は、誰にも証明できないということだ。君が見たと嘘をついても誰にもわからない。何しろ浄化魔法について詳《くわ》しいことは誰も知らないのだから」

「……っ！」

自分の魔法を嘘だと言われて、さすがに怒《いか》りが込み上げた。

「国王陛下も大司祭様も認めてくださいました……！　魔具のおかげですが、誰も知らないことをいくつも解いてきたつもりです。それを全《すべ》て嘘とおっしゃるのですか？」

「事前に詳しく調べたらわかることも多いだろう。特に君はだいぶ傾《かたむ》いてはいたが魔法の名門家に生まれて、家族の中で自分だけ魔法が使えなかった。ひどいコンプレックスを抱えていたはずだ。そんな中、浄化魔法という誰も知らない古代の魔法が使えるとわかり、

有頂天になったのではないか？　しかも陛下から聖女という称号《しょうごう》までいただいた。その称号に固執《こしゅう》しても仕方ない」

　サッと血の気が引いた。

「……私の過去を調べたんですか？」

　強い口調で言い返したいのに声が震《ふる》える。

「そうだ。だが調べたのではなく、魔法でわかったと言えばこれは魔法になる。君の浄化魔法とはそういうものだ」

　違うと声を大にして言いたいのに、フォーカスを納得《なっとく》させられる言葉が思いつかない。

　唇《くちびる》を嚙《か》みしめるユノに、フォーカスが勝ち誇《ほこ》った笑みを浮かべた。

　ユノはそんなフォーカスを見つめて――そして同情の息を吐《は》いた。

「残念です、フォーカス公爵」

「――何だと？」

　ユノの落ち着いた態度に、フォーカスが眉根を寄せた。

「浄化魔法で見えたと言ったはずです。その中で、あなたはエリアス様のお母様のご遺体をご自分の館の裏庭に埋めようと、確かにつぶやかれた。ですから今、王室の許可を取って騎《き》士《し》たちが今、裏庭を捜索《そうさく》しています」

　誰もがわかる証拠《しょうこ》を見つけるために。

「窓を開けたら、声や足音が聞こえるはずですよ」

フォーカスの顔色が変わった。慌《あわ》てて窓を開ける。風に乗って歩き回るブーツの音や、シャベルが触《ふ》れ合う金属音などがかすかに聞こえてきた。

フォーカスが憤怒《ふんぬ》に顔を染めて振《ふ》り返った。

「小娘《こむすめ》だと思って甘くしていれば——おい、出てくるんだ！」

(他《ほか》に誰かいたの⁉)

驚《おどろ》くユノの前で、書斎の棚《たな》の右側が開いた。隠《かく》し扉だ。

そこから現れた、首にスカーフを巻いた小柄《こがら》な人影《ひとかげ》は——。

「……ケベックさん？」

以前、ガーデンパーティーに招待されたマイルズ商会の会長ではないか。ディルクを半王族と呼ぶフォーカスの一派の。

「やれ、ケベック！」

「はい。聖女様に恨《うら》みはありませんが、首を突《つ》っ込み過ぎましたね。残念です」

ケベックがジリジリと距離《きょり》を詰《つ》めてくる。

逃《に》げようとするも、後ろにはフォーカスがいる。挟《はさ》まれた。

「まさか私が一人だとでも思ったかね？」

「はい……」

正直に頷くと、フォーカスが楽しそうな笑い声を上げた。

その時だ。

「そこまでだ！」

勢いよく扉が開き、ディルクが飛び込んできた。剣《けん》を素早《すばや》くフォーカスの首に当てる。

同時に、廊下《ろうか》から光の矢のようなものがケベックを狙《ねら》って撃《う》ち込まれた。魔法弾《まほうだん》だ。

「ひいいっ！」

長袖《ながそで》の右腕《みぎうで》を抱《かか》え込んだケベックが、震えながらその場にしゃがみこんだ。

冷たい目で剣を持つディルクと、怒りに顔を染めたエリアスの姿に、フォーカスが驚愕《きょうがく》の声を上げる。

「なぜ、ここにいるんだ!? それにエリアス、お前は厳重に縛《しば》って物置小屋に閉じ込めたはず――！」

「殿下《でんか》に助け出されました」

どこか不本意そうなエリアスの視線の先には、ディルクと、そしてユノを守るように固める護衛の騎士たちの姿があった。

冷たい目のディルクが、一転してユノに笑いかけた。

ユノも笑《え》みを返す。ディルクが立てた計画だから大丈夫《だいじょうぶ》だと信じていた。

この状況についていけないのか、フォーカスが絶句している。

ディルクがその首筋に剣を突きつけたまま、低い声で告げた。

「ユノが壺《つぼ》の過去を見たと言ったでしょう？　だからエリアスはあなたに会いにいったのだと見当がつきました」

息を呑《の》むフォーカスに、エリアスが殺意のこもった目を向ける。

「扉の外で全て聞きました。父に罪をなすりつけて僕に嘘をついたことも、あなたが母を殺害したことも。そして――」

逃げようとしていたケベックの腕を乱暴に摑《つか》み、

「背後から陶器《とうき》の置物で僕を殴《なぐ》ったのはあなたですね？」

暴れるケベックの右袖を乱暴にめくった。そこには火傷《やけど》のような、まだ赤く生々しい傷《きず》痕《あと》がある。

「この傷が証拠ですよ。僕の放った魔法弾がかすった痕です」

言い逃《のが》れのできない状況《じょうきょう》に、ケベックががくりとうなだれた。

エリアスがユノに向かって小さな声でつぶやく。

「殴った人影は、もしかしたら母かもしれないと思った」

寂《さみ》しげに顔を歪《ゆが》ませる。ユノは胸が痛くなった。

「母は父を悪く言い、僕に興味を持たなかった。おまけに父を殺害されても構わないとまで言い張った。そんな母を嫌《きら》っていたはずなのに……」

続きは言わずともわかった。それでも、もしかして母が生きているかも——と一縷《いちる》の望みを持ってしまったのだ。

エリアスが片手で顔を覆《おお》う。その手がかすかに震えている。

かける言葉が見つからない。

突然《とつぜん》、フォーカスが笑い声を上げた。戸惑《とまど》うユノと眉根《まゆね》を寄せるディルクたちに、

「確かにエリアスを殴ったのはケベックです。ですがあの時はエリアスが私を疑い、迫《せま》ってきたため仕方なくやったのです。エリアスの魔法弾の威力《いりょく》をあなた方もご覧になったでしょう？　ケベックは私を守るために誤って殴ってしまっただけです。謝罪するよ、エリアス。すまなかった」

「——あくまで自分に非はないと言い張る気ですか？」

「もちろんです」

余裕《よゆう》を取り戻《もど》したように、笑ってユノたちを見回す。

「それに、うちの裏庭は広いですよ。森一個分はありますから。もちろん私はクルーガ夫人を殺してなどいないので無駄《むだ》手間になるだけですが。勝手に捜《さが》されるのは構いませんが、一応申し上げておこうと思いまして」

確かに広大な裏庭だ。おまけに埋《う》めたのは十三年前のこと。捜すのは到底《とうてい》無理だと確信しているのだろう。

その通りなのでユノは焦《あせ》った。

裏庭のどこかに埋めたとわかっていても、その場所は特定できない。

「ただの無駄手間になれば、陛下から聖女への信頼《しんらい》は失墜《しっつい》しますね。それはディルク殿下も同様です。もちろん私も、このような侮辱《ぶじょく》を受けたことを黙《だま》ってはいません。それでもよろしいですか？」

「遺体を埋めた大方の場所なら見当がつきますよ」

ユノははじかれたようにディルクを見上げた。

皆《みな》も驚いた顔をした。フォーカスもだ。唾《つば》を飛ばしながら叫《さけ》ぶ。

「まさか。わかるはずがない！」

「そうですか？　あなたは尊大で自信家だ。加えて上手《うま》くクルーガ侯爵《こうしゃく》に夫人殺害の罪をかぶせられたことで、ばれるわけがないと安心していた。そうすると埋めた場所は人目につかない場所ではなく、人目につきやすい開けた場所でしょう。裏庭の奥ではなく、きっと母屋《おもや》に近い手前側。そしてそこを眺《なが》めるたびに自身の優位性を確認《かくにん》するため、埋めた上に木を植えて隠《かく》したりもしない」

呆気《あっけ》に取られるユノたちの前で、フォーカスの顔がみるみる青ざめていく。

「そうすれば捜す場所は限られます。もちろん事前に捜索《そうさく》する騎士《きし》たちに伝えておきましたよ。一個隊総出で捜索を行うと言っていましたから、今頃《いまごろ》成果が出ているのではないでしょうか」

ディルクがにっこりと笑って、耳を澄《す》ました。

開いた窓から先ほどまでとは明らかに違《ちが》う、叫ぶような声と慌《あわ》ただしい足音が聞こえてきた。

「成果が出たようですね」

「馬鹿《ばか》な……」

フォーカスが力尽《ちからつ》きたように床《ゆか》に膝《ひざ》をついた。

「私は終わりだ。なぜこんなことに――」

頭を抱えて呻《うめ》く。その後ろで、ケベックも蒼白《そうはく》な顔で座り込んだ。

騎士たちが二人に縄《なわ》をかけた。

（――終わった）

ディルクは小さく安堵《あんど》の息を吐《は》いた。

自分の評判が失墜するのは構わないが、ユノは駄目《だめ》だ。国王からの信頼が失われたとなれば、ユノはひどく落ち込むだろう。

最後までこざかしかったフォーカスに腹は立つが、これで言い逃れはできないはずだ。

「ユノ、これで――」

少しは、あの情けなさ過ぎる行為《こうい》を挽回《ばんかい》できただろうか。

そこで突然、ユノがフォーカスの前に走り出た。その顔はひどく真剣《しんけん》だ。

「どうした？」

ディルクは驚《おどろ》いたし、皆もそうだろう。

そんな中、ユノが体の両脇《りょうわき》で拳《こぶし》をギュッと握《にぎ》り、フォーカスに心の底から絞《しぼ》り出すような声を出した。

「もう二度と、ディルクが半王族だなどとひどいことを言うのはやめてください……！」

胸の内で何かがはじけた。

（……俺のためだったのか）

ユノはいつも魔具《まぐ》のために一生懸命《いっしょうけんめい》だけれど、今回はさらに気合いが入っていたように感じた。

壺が想像以上に怖《おそ》ろしかったからだと思っていたが、違ったのだ。

気弱になったディルクを包み込んでくれた驚くほどの強さも、このためだったのか。

ユノが怒《いか》りに頬《ほお》を赤く染めて、フォーカスたちを見据《みす》えている。

いつも穏《おだ》やかで優《やさ》しいから、これほど怒《おこ》るのはめずらしい。というか初めて見た。

（家族の時も自分を責めて落ち込むだけで、決して怒ることはなかったのに）

ギュッと目を閉じる。自分のためにこれほど怒ってくれる人が他《ほか》にいるか？

(救われてばかりだな……)

ユノに近づき、背後からそっと抱《だ》きしめた。

「ありがとう」

声がかすかに震《ふる》えた。

ユノが振《ふ》り返る。その顔は今にも泣きそうに歪んでいた。

「ディルクほど優しくて素敵《すてき》な人はいません。だから、こんな理不尽《りふじん》なことを言われるのは我慢《がまん》できません」

「うん」

「私は何て言われても構いません。でもディルクは駄目です……！」

「うん」

こんな女性は他にいない。

ディルクは強くユノを引き寄せ、抱く腕《うで》に力を込めた。

騎士たちがフォーカスとケベックを連れていき、ユノはディルクとエリアスと一緒《いっしょ》にクルーガ家に戻った。

ルーベンや魔法使いたちが念のためと、地下室の扉《とびら》の前で待機している。

皆で中へ入り、鎮座《ちんざ》する壺《つぼ》に報告した。

「あなたのおかげで全《すべ》て解決できた。あなたはエリアス様を救ったわ」

壺の表面がきらめいた気がした。喜んでいるのだと思った。

この壺は普通《ふつう》の魔具とは違う。人を攻撃《こうげき》する目的で作られた。だからなぜエリアスを心配するようになったかはわからない。

ただ思う。壺を作った魔法使いは、元々魔具だった壺に秘術を加えたと言っていた。

壺は、元は優しい魔具だったのかもしれない。

確かに百五十年前にたくさんの人を呑《の》み込んだり、魔具の手鏡を砕《くだ》いたりした。

けれどそう命じられたから従っただけで、本当は嫌《いや》だったのかもしれない。

だって壺が自ら人や魔具を呑み込んだことは、この百五十年間一度もなかったのだから
――。

ユノの考えが通じたのだろうか、壺の側面が見てわかるほどキラキラと輝《かがや》き始めた。

魔法使いたちが息を呑む。

大丈夫《だいじょうぶ》だ、浄化《じょうか》できる。そう確信した。

「いくよ」

壺に向かって微笑《ほほえ》み、ユノは両手をかざした。

浄化魔法の白い光とともに、壺から黒い邪気《じゃき》が立ち上る。室内を真っ黒に埋め尽《つ》くすほどの、ものすごい量だ。今までたくさん吸い込んできただけのことはある。

それでも大丈夫だと思えた。

だって壺はエリアスを心配していたから。

立ち込める邪気がまばゆい白い光に包まれ、そして一気に消え去った。

その光景に、皆が声もなく見入っていた。


ユノはエリアスに頼《たの》んでクルーガ侯爵に会いに寝室《しんしつ》へいった。手には浄化済みの壺を抱《かか》えている。

「父上」

目を覚ましたクルーガはエリアスを見て微笑んだが、ユノが手にした壺を見て目を剝《む》いた。呼吸が激しくなる。

「父上、彼女は聖女で、災厄《さいやく》の壺は浄化されました！　心配いりません！」

クルーガが大きく息を吐いた。エリアスに支えられて、ベッドにゆっくりと上半身を起こす。

ディルクが起こったことを全て説明すると、

「――そうだったのですか。それが真実……。心より皆様《みなさま》に感謝いたします。そして聖女様に」

膝に額がつきそうなほど深く頭を下げた。

そして、フォーカスの行為に怒りの声を上げた。

「フォーカス……何て汚《きたな》い真似《まね》を」

「父上、十三年間ずっと疑問だったことがあります。地下室での出来事を聞いた時、父上は何もしていないのになぜあんな反応をされたのですか？」

クルーガが目を伏《ふ》せた。

「十三年前のあの日、地下室で気を失った私は、夜も更《ふ》けてからようやく寝室で目を覚ました。そしてフォーカス公爵《こうしゃく》から言われたのだ。壺に妻を食わせて殺したのは――エリアスだと」

「そんな……!?」

「私が気絶している間に、エリアスがやってきた。倒《たお》れている私に駆《か》け寄ろうとしたエリアスを妻が無理やり引き留めて、私を放《ほう》って二人でこの家から出ていくと言い張ったと。そうしたらエリアスが嫌がって思い切り妻を押した。不幸にもそこに壺があり、妻は食われてしまった――と」

何てことだ。フォーカスはクルーガに言うことを聞かせるための、有効な嘘《うそ》の使い方を知っていたのだ。

父子二人に信じ込ませていいように操《あやつ》るのは、さぞ楽しかったことだろう……。

「フォーカス……僕を使って父上を騙《だま》したなんて許せない」

エリアスがギリギリと歯を食いしばった。

クルーガがそんな息子《むすこ》にゆっくりと微笑む。

「もういいんだ、エリアス」

「ですが父上――！」

「お前が無事ならそれでいい。私はお前を守るため口をつぐむことばかりに気を取られて、お前が長年私のことで誤解し苦しんでいたことに気づかなかった。許してくれ」

目に涙《なみだ》がにじむ。

「当然です、父上。許すなど……そもそも怒ってなどいません」

「そうか。ありがとう」

もう一度弱々しく微笑み、ユノを見た。

「あなたのおかげで私たち親子は救われました。前代聖女の子孫として言わせてください。あなたはとても素晴らしい聖女です」

「ありがとうございます」

これほど嬉《うれ》しい言葉はない。ユノは深く頭を下げた。

「僕からも礼を言う」

エリアスのいつもの淡々《たんたん》とした、けれど感謝の気持ちを充分《じゅうぶん》に含《ふく》んだ声がした。

その時、クルーガが激しく咳《せ》き込んだ。大量の血を布団《ふとん》に吐《は》く。

エリアスが青ざめて父の背中をさすった。

ユノも血の気が引いた。言われなくても、もう長くないとわかる。

「父上！」

「大丈夫だ、エリアス……」

ユノは足元の壺を見た。

（いくよ）

そのために持ってきたのだ。壺が頷《うなず》くようにコトリと前に小さく動いた。

ユノはベッドの上に壺を置いた。いぶかしげな顔をするエリアスとクルーガに、

「この壺が言いました。エリアス様とクルーガ侯爵《こうしゃく》の体を治したいと」

「そんなことができるのか⁉」

「できる――のよね？」

壺に再度聞くと、もう一度壺が前に倒れた。

「できると言っています」

邪気を浄化したとはいえ、壺と会話らしきものをしているユノに二人が絶句する。

ユノは続けた。

「体調不良の原因は強力な封印魔法《ふういんまほう》を使い続けたこともありますが、大量の邪気を浴びたせいもあると思います。この壺は人を呑みこみ、他《ほか》の魔具の魔力や邪気を吸い取ります。ですから、お二人の体内に溜《た》まった邪気も吸い取れないかなと思ったんです」

壺の持つ魔力で。

以前、壺がタイの邪気量の変化に関係しているかもしれないと考えた時に思いついたのだ。

「やってみてもよろしいですか？」

エリアスとクルーガが気圧《けお》されたように頷いた。

「やってくれ。駄目《だめ》で元々だ。失うものは何もない」

「はい！」

早速《さっそく》壺を二人に向けて、壺の側面に両手を当てた。

力んだのか身を乗り出す壺に、

（落ち着いて。ゆっくりね）

そう言い聞かせて両手に力を込めた。白い光が壺《つぼ》の体を、口を包み込む。

「おお……」

クルーガが嘆息《たんそく》した。

壺がまるで大きく息を吸い込むように、ゆっくりと傾《かたむ》いた。

同時に、エリアスとクルーガの体から真っ黒な邪気が立ち上った。壺の口へみるみるうちに吸い取られていく。

「これは……」

「すごいな……」

やがて壺の動きが止まると、二人とも血色がよくなっていた。クルーガのほうがより顕《けん》著《ちょ》だ。

「体が軽い！　中心部にあった重いものが消え去った気分です」

「本当にやったんだな……」

壺のおかげだ。

(頑張《がんば》ったね)

ユノはそっと壺の口をなでた。

「待て。その壺は邪気を吸い込んだ。元の凶悪《きょうあく》な魔具に戻《もど》ってしまうのではないか？」

エリアスの言葉にクルーガも顔色を変えた。

そんな二人にユノは微笑《ほほえ》んだ。

「大丈夫《だいじょうぶ》です」

だって自分は聖女なのだから。

壺に両手をかざして浄化《じょうか》を始める。

「ああ、そうか」

清らかな光に包まれるユノに、エリアスとクルーガが笑みを浮《う》かべた。

エリアスがふと気づいたように聞く。

「それにしても、壺はなぜ僕の心配なんてしたんだ？　僕はずっと疎んでいたのに……」

「それは幼かったエリアス様が壺を磨《みが》いたからです」

クルーガがさすがにギョッとした顔をした。

浄化する直前、壺が見せてくれたのだ。

おそらく役目を継《つ》いだばかりの頃《ころ》の幼いエリアスが、床《ゆか》に座り込んでせっせと壺を磨く光景を。

幼過ぎて、父から聞いていてもそこまで怖《おそ》ろしいものという実感が湧《わ》かなかったのだろう。

今までクルーガ家で役目を継いだ者は皆《みな》、成人した後からだったと聞く。分別がつき、壺のことも十二分に理解していた。

だからおそらく自分を疎《うと》まず、楽しそうに磨いてくれる者は百五十年間で初めてだったのだ。

「嬉しかったんだと思います。磨かれている間、壺の側面はキラキラと輝《かがや》いているように

見えましたから」

だからこそ壺は騙《だま》されているエリアスを心配し、助けたかったのだ。

「そうか……」

エリアスが壺に近づき、黒いツルツルした側面を撫《な》でながら小さな声で言った。

「ありがとう」

そして笑って続けた。

「これから国王陛下の宮殿《きゅうでん》の保管庫にしまわれると聞いた。でもまた保管庫へいくよ。クルーガ家は陛下と懇意《こんい》にしているからいつでもいける。いって、また何度でも磨いてやるから」

壺が嬉しそうにキラキラときらめいた。

【第五章】手鏡と婚約式

奥の宮殿へ戻ってきたユノは、いつものようにキーラと魔具部屋の掃除《そうじ》をしていた。

表紙が破れた書物の埃《ほこり》を注意深く払《はら》いながら言う。

「キーラさん、今度一緒《いっしょ》に街へいきませんか？」

「ええっ⁉　いくわ。もちろん！」

水の入ったバケツを手にしたキーラが顔を輝かせた。

「ユノから誘《さそ》われるのは初めてね。あっ、前に言っていたディルク様への婚約《こんやく》式の贈《おく》り物を買うの？」

「はい。一人では不安なので一緒に選んでもらいたいんです。それに、キーラさんと一緒に街を歩けたら楽しいだろうなと思って」

「ユノ……！」

キーラが感激に目をうるませる。そして、

「じゃあルーベン様も誘ってあげる？　色々とお世話になってるし。不本意だけど」

複雑そうな顔で言うので笑って頷《うなず》いた。

「婚約式までに早めに買ったほうがいいわよね。じゃあ――」

そこで扉《とびら》が開いた。顔を出したのはルーベンだ。

「ユノ、すぐにディルク様の執務室《しつむ》へこられるか？　頼《たの》まれていた手鏡の件で、持ち主がわかったのだ」

「本当ですか⁉　――途中《とちゅう》なのにすみません、キーラさん」

ユノがいなくなるので、キーラももちろん魔具《まぐ》部屋から出る。

棚《たな》の上に置いてあった雑巾《ぞうきん》を急いで取ったキーラが、さっそく扉を閉めようとしているルーベンに非難の声を上げた。

「ちょっとルーベン様、まだ私がいます！」

「わかっている。だから半分しか閉めていないだろう」

「開いている角度の問題じゃありません。人がいるのに閉めようとする行為《こうい》に怒《おこ》っているんです！」

「意味がわからない。完全に閉めたら怒ってもいいが、ここから充分《じゅうぶん》通れるのに怒られるのは納得《なっとく》がいかない」

「だから、そういうことを言っているんじゃありません！」

いつも通りだ。ユノは微笑んだ。

婚約式のユノの衣装《いしょう》を手入れするというキーラと廊下《ろうか》で別れて、ユノはルーベンと執務室へ向かった。

手前にある応接セットを三人で囲み、ルーベンが報告する。

「手鏡の持ち主は、ヒューズという実業家の三女レイナです。祖母の形見だそうですが、手鏡に異変が起きて半年前に大聖堂へ預けにきました」

「ありがとうございます！」

捜《さが》し出してくれたルーベンに感謝をこめて頭を下げた。

ルーベンが少し得意げな顔をする。

そしていつもの真面目《まじめ》な顔でディルクを見た。

「これでおわかりだと思いますが、私もきちんと役に立つのです。ユノの手伝いも立派にこなせます。国王陛下にそう言い添《そ》えていただけるとありがたいのですが」

どうやら、エリアスを手伝いにと言われたことにこだわっているようだ。

「俺は何も言ってないけど？」

「ですがディルク様もそういう顔をされていたように思います」

「してないよ」

「いいえ、されていました」

ルーベンには申し訳ないが、今はレイナについて聞きたい。ルーベンがとても役に立つことは充分知っているから。

「それで、レイナさんはどんな方なんですか？」

「手鏡を預かった助祭によると、ユノと同じくらいの年だそうだ。手鏡は祖母の形見で、受け継《つ》いだ時はごく普通《ふつう》だったが、そのうち鏡面が真っ黒に変色して何をしても取れなくなった。小物店に持っていったら、普通の汚《よご》れや変色の類《たぐい》ではないと言われたそうだ。さらに誰《だれ》も触《ふ》れていないのに移動している時が何度もあったと。気味が悪いし、手鏡のデザインも古臭《ふるくさ》くて安っぽいから好みではない。だからすぐに大聖堂へ持ってきた――と、大声で説明したそうだ。元気はいいが、やかましくて聖堂中に声が響《ひび》いて辟易《へきえき》したので、助祭はよく覚えていた」

「……そうなんですね」

ユノは手鏡のデザインを思い出した。

薔薇《ばら》の花が彫《ほ》ってある赤い裏面は確かに少し時代を感じるが、とても綺麗《きれい》だと思った。

しかし他者からすると、古くて安っぽいと感じるのか。しかも受け継いだ持ち主が。

（形見ということは、亡《な》くなったお祖母様《ばあさま》の代わりに手鏡が孫のレイナさんに何か伝えたいことがあるのかしら？）

黒く変色していた鏡面は不思議と元に戻《もど》っていたが、魔力も邪気《じゃき》も失っているためそれ以上はわからない。

いる。

何て素晴《すば》らしい。さすがルーベンだ。感動するユノの横で、ディルクが驚《おどろ》いた顔をして

「レイナさんにお話を伺《うかが》いたいのですが」

「すでに私がいってきた」

「ルーベン様……！」

何て素晴らしい。さすがルーベンだ。感動するユノの横で、ディルクが驚いた顔をしている。

　ルーベンが得意そうに言った。

「これで再度おわかりになったと思いますが、私はきちんと役に立つのです」

「俺も再度言うけど、何も言ってないよ」

「そういう顔をされていました」

「してないって」

「いいえ、されていました」

「してない」

　キリがないので、ユノは二人の間に割って入った。

「それでレイナさんからお話は聞けたんですか？」

「あいにくレイナは姉と一緒に隣国《りんごく》を旅行中で、帰ってくるのは一ヶ月後だと言われた。だが代わりに、レイナの母のヒューズ夫人から話が聞けた」

　ヒューズ家は、香辛料《こうしんりょう》の貿易業を手掛《てが》ける裕福《ゆうふく》な実業家だそうだ。

「手鏡の元の持ち主は、レイナの父方の祖母だ」

ヒューズ家はレイナの父が一代で財を築いた新興実業家である。祖母の時代はまだ、ただの商人だっただろうから、高価な物は買えなかったはずだ。

だからあの手鏡は、レイナの言葉を借りると「安っぽい」のだろう。

「夫人によると、祖母は亡くなる直前までレイナの将来を憂《うれ》えていたそうだ。真面目な姉と違《ちが》い、レイナは酒と男が好きだと。そのせいで十九歳になる今までも様々な問題を起こしてきたらしい」

なかなか活動的な令嬢《れいじょう》である。

(お酒と男の人が好き──)

残念ながらユノはどちらもわからないが、手鏡のためにもわかるように努力したほうがいいのだろうか。

「その必要はないから」

ユノの考えを読み取ったらしいディルクが素早く言い、ルーベンに顔をしかめてみせた。

「変なことを吹《ふ》き込むな」

「私は事実しか申しておりません。それに話を聞いていて、どうも今回の隣国へ旅行というのは、何か問題があって、そのほとぼりが冷めるまで遠くへやったというように感じました」

姉はお目付け役ということか。

「酒で問題を起こしたか、変な男に引っかかったか。長期の旅行というなら、変な男に入れあげて結婚《けっこん》したいと言い出したとかかな。それで慌《あわ》てて隣国へやったと」

ディルクが頬杖《ほおづえ》をつきながら言った。

「そうかもしれません。それでお祖母様の思いを継いだ手鏡が、レイナさんを心配しているのかも」

もっと詳《くわ》しく知りたい。ウズウズするユノに、ルーベンが咳払《せきばら》いをした。

「私が話を聞きにいったのが一ヶ月と少し前だから、そろそろ戻っている頃《ころ》だろう」

「本当ですか！」

何ていいタイミングだ。喜ぶユノの横で、ルーベンが得意げにディルクに言う。

「ですから私はきちんとお役に立つのです」

「しつこいな。――そんなこと、とっくに知ってるよ」

後半部分だけやけに声が小さかったが、ルーベンがどんな反応をするのかとユノは期待した。

だが聞き取れなかったようで、ルーベンが眉根《まゆね》を寄せた。

「何か言われましたか？　申し訳ありませんが、声が小さくて聞こえませんでした」

「――何でこういうのは聞こえないのかな」

「もしかして私の悪口を言われました？」

「言ってないよ」

「本当ですか？」

「本当だって。さっきからしつこいよ」

ユノは微笑《ほほえ》んだ。後で教えてあげよう。きっと喜ぶはずだ。


翌日、ユノたちは早速《さっそく》ヒューズ家を訪《おとず》れた。

サンサンと日差しが差し込む広いサンルームに迎《むか》えられた。寒い時季は居間の代わりとして使っているとのことだ。

メイドがお茶を運んできて、椅子《いす》に座ったレイナが優雅《ゆうが》に笑った。長い赤髪《あかがみ》がはっきりした顔立ちによく似合っている。

「私が隣国のお店で選び抜《ぬ》いて買ってきたものです。ディルク殿下《でんか》にルーベン司祭様、どうぞお召《め》し上がりください」

そしてユノを見て、

「あなたが噂《うわさ》の聖女様なんですか？　へええ」

ユノの全身をじろじろと無遠慮《ぶえんりょ》に見回す。そしてユノに顔を近づけてクスっと笑い、小さな声で言った。

「ごめんなさい。思ったよりとっても普通だったので」

（これは私のことを馬鹿《ばか》にしている……のかしら？）

話の流れやレイナの口調からそうなのだろう。

しかしようやく会えた手鏡の持ち主だからか、強がっているようで可愛《かわい》くさえ思える。

特に応《こた》えた様子もなくそれどころか親しげに微笑むユノに、レイナが眉根を寄せた。

そんなレイナに怒《いか》りの声を上げたのは、彼女の母と姉である。

「レイナ！　あなた、また失礼なことを言ったんでしょう。お義母様《かあさま》の形見の手鏡のために、わざわざきてくださった聖女様に何て失礼なことを！」

「本当にあんたは同じ年くらいの女性とみると、すぐに突《つ》っかかるわよね。学習能力がないの？　今回だってそうよ。あんたが見るからに軽薄《けいはく》な男に引っかかって『彼と結婚できなきゃ死ぬわ！』とか言い出したから、あの男のことを忘れられるように隣国旅行へ付き添《そ》ってあげたのよ。私も暇《ひま》じゃないのに。ちゃんと反省しているの？」

やはりレイナは駄目《だめ》男に引っかかって、ほとぼりが冷めるまでの旅行だったのだ。

「なっ、何よ……」

家族から容赦《ようしゃ》なく糾弾《きゅうだん》されたレイナの顔が歪《ゆが》んだ。

真っ赤な顔で声を張り上げる。

「少しくらいいいじゃない！　だって聖女様にはディルク殿下という素敵な婚約者がいるのよ！　対して私に縁《えん》があるのは四股《よんまた》かけるような浮気《うわき》男だったり、うちのお金を当てにするぐうたらヒモ男だったり、既婚者《きこんしゃ》で子どもが五人もいるのに独身だと言い張る嘘《うそ》つき男だったり、変な奴《やつ》ばっかりなんだから！」

「壮絶《そうぜつ》だね」

　ディルクが感心したようにつぶやいた。

「今回だってそうよ！　今度こそ運命の相手だと思ったのに、私と付き合った翌日に他《ほか》の女とこっそり会って、私とのデート時は絶対に自分からお金を出さないくせに、高価な腕《うで》時計《どけい》やジャケットなんかをねだる男だったのよ！　しかも既婚者！」

「今までの男たちの合体版か」

　ディルクは感心を通り越《こ》して面白《おもしろ》そうだ。

　ユノは可哀想《かわいそう》だと同情したが、ルーベンもメイドに、

「この茶はあまり美味《うま》くないな。他の茶はないのか？」

　と、カップを差し出している。

　レイナの母と姉が顔を見合わせて、ため息を吐《つ》いた。

「思っていたよりずっと駄目男だったわ。どうしていつも最低男にばかり引っかかるのかしら。よほど男を見る目がないのね」

「レイナはあんまり頭がよくないから反省という言葉を知らないのよね。その時は傷つくけど、すぐに忘れて見た目がいい男にふらりといっちゃう。同じことの繰《く》り返しよ。三歩歩いたら忘れる鶏《にわとり》みたい」

「ちょっとお母様にお姉様！　さすがにひどくない!?　それが実の家族にかける言葉なの!?」

レイナが泣き崩《くず》れた。化粧《けしょう》の崩れた顔でユノを見る。

「ねえ聖女様、ひどいとお思いになりませんか!?」

涙《なみだ》ながらに訴《うった》えられてびっくりしたが、正直ひどいとは思わない。レイナの男運はひどいと思うけれど。

だから、

「いえ、特に」

「そんな！　ひどいです。どうしてですか!?」

「その駄目男の方々との諸々《もろもろ》の後始末をなさったのは、レイナさんのご両親ですよね？　それにお姉さんは自分には非がないのに、一ヶ月も一緒《いっしょ》に旅行にいってくれました。それは『ひどい』家族ではないと思いますよ」

レイナが目を見開いた。母も姉もだ。

微笑むディルクの前で、レイナの顔がクシャリと歪んだ。

「……わかってます。いい家族だって。駄目なのは私だけなんです」

「わかればいいのよ」

母と姉が容赦なく言った。

レイナが声を張り上げる。

「わかってるし！　いつも感謝してるし！　それに私、駄目だけど少しずつ進歩してるのよ。いつもは相手に尽《つ》くして最後に捨てられたけど、今回の男は初めて私から振《ふ》ったんだから！」

「ええっ、そうなの!?」

「そうよ。だからこの旅行は完全に傷心を癒《いや》すためのものであって、私の未練をなくすためのものじゃなかったんだからね！」

「どうして今回はあいつが駄目男だとわかったの？」

母と姉が不思議そうに聞いた。

ユノも気になったが、ディルクはどちらでもよさそうだ。ルーベンに至ってはメイドが持ってきた他のお茶を美味《おい》しそうに飲んでいる。

レイナが言いたくないのかそっぽを向いた。

（もしかして――）

ふと思い当たり、ユノは口を開いた。

「もしかしてその方に、手鏡を悪いように言われたんですか？」

当たっていたようだ。レイナが驚《おどろ》いた顔をして、そして苦々しげに言った。

「そうよ。あいつ、お祖母《ばあ》ちゃんの形見の手鏡を古臭《ふるくさ》い、貧乏《びんぼう》くさいと言ったのよ」

母と姉がぽかんとした顔をした。

「……レイナも同じように言っていたじゃないの」

「私がもらったんだから私は言ってもいいの！　でも他の人が言うのは駄目よ。我慢《がまん》ならないわ！」

「……それであの男に冷めたというわけ？」

「そうよ！」

母と姉がもう一度顔を見合わせた。何とも言えなそうな顔で、

「まあ結果良ければ全《すべ》て良し、よね」

「理由はどうあれ、ね」

あの男から言われた言葉を思い出したのか、レイナが悔《くや》しそうに口を尖《とが》らせた。

ユノは微笑んで言った。

「レイナさんはあの手鏡を、とても大事にされていましたね。裏面にも柄《え》の部分にも、丁《てい》寧《ねい》に蠟《ろう》が塗《ぬ》ってありました」

古くてところどころ欠けていたし、装飾《そうしょく》もだいぶ薄《うす》くなっていたけれど綺麗《きれい》に蠟が塗ら

れていた。

蠟は新しいものだったから、レイナが塗ったのだろうと見当がついた。これ以上、手鏡に傷をつけないために。

そして、これからもずっと大事に持っているためにそうしたのだろう。

「そうなの、レイナ？」

驚く母と姉に、レイナがそっぽを向いた。その耳はかすかに赤くなっている。

「大聖堂に預けにきたのは、鏡面が真っ黒になって、知らない間に移動していたからですよね。だけどそれは気味悪かったからじゃない」

手鏡を大事にしていた祖母に、あの世で何かあったと思ったのだろう。

もしくは祖母から何か伝えたいことがあると。

「だからお祖母様が何を言いたいのか、それを教えてもらいたくて預けたんですよね？」

家族に関することか、それとも祖母自身があの世で苦しんでいるのを訴えたいのだとしたら――。

そう考えたらたまらなくなったのだろう。

ルーベンがカップを手に、納得《なっとく》したように頷《うなず》く。

「そうか。だから君はそれからも何度も大聖堂を訪《おとず》れて、預けた手鏡はどうなったのか聞いていたのか」

呆気《あっけ》に取られる母と姉の前で、レイナが顔を赤くした。

「だっ、だって気になるじゃない！　お祖母ちゃんは優《やさ》しくて控《ひか》えめでいつもニコニコしていた。それなのに鏡が突然《とつぜん》真っ黒になって、知らない間に動いていたのよ？　よっぽどのことだと思うじゃない！」

祖母が心配で仕方なかったのだ。

「レイナはお祖母ちゃんっ子だったから……」

母がしみじみと言った。

レイナが照れ隠《かく》しのように身を乗り出した。

「でもそれらは確かにおかしな現象だけど、その理由はわからないと大聖堂でも言われました。聖女様ならわかるんですか？」

期待のこもった目で見つめてくる。母と姉もだ。

「残念ながら、亡《な》くなってしまったお祖母様の心の内は私にもわかりません」

「そうですか……」

落胆《らくたん》してうつむくレイナに続けた。

「ですが手鏡が伝えたいことはわかる気がします」

最初は真っ黒だったのに、壺《つぼ》に食べられて再生したら元の鏡面に戻《もど》っていた。あの時はただ不思議だったけれど、今ならわかる。

数えてみたら、あの時はちょうどレイナが駄目《だめ》男ときっぱり別れた時期だったのだ。

だから手鏡が伝えたいことは、きっと祖母の本意なのだろう。

「レイナさんが自分でいい道を選んで安心したのでしょう。大事な孫娘《まごむすめ》に、きっと誰《だれ》よりも幸せになって欲しいんですよ」

お返しします、と手鏡を差し出した。

真っ黒だった鏡面が元に戻った手鏡を。

そこには大事な孫娘の顔が鮮《あざ》やかに映っていた。

レイナが目を見開き、小さく震《ふる》えながら手鏡を胸に抱《だ》きしめた。

「……お祖母ちゃん」

ぽろぽろと涙がこぼれる。

「私、幸せになるから……絶対になるから。今度は絶対に見た目じゃなくて中身の素敵《すてき》な人を見つけてみせるから。見守っていてね、お祖母ちゃん……」

「どうもありがとうございました」

ヒューズ家の門前で、レイナと母と姉がユノたちに深く頭を下げた。

顔を上げたレイナが笑う。

「ありがとうございました、聖女様。ディルク殿下《でんか》ともうすぐ婚約《こんやく》なさるんですよね。おめでとうございます」

顔を見合わせて照れたように微笑《ほほえ》むユノとディルクに、羨《うらや》ましそうな顔をした。

「あーあ、私もいい人と出会いたいなあ」

ディルクが何か思いついたようないい笑顔になった。

「一人いるぞ。紹介《しょうかい》しようか？」

「本当ですか⁉　ぜひお願いいたします！　どなたです？」

（まさか――）

「クルーガ侯爵《こうしゃく》の長男、エリアスを紹介するよ」

（やっぱり）

「エリアス様を⁉　きゃー、やったわ！」

レイナが歓声《かんせい》を上げた。

にぎやかに見送られながら馬車に乗り込む。ユノは心配になり、ディルクに切り出した。

「勝手に紹介すると言って大丈夫《だいじょうぶ》なんですか？　エリアス様はそういうことが苦手というか嫌《きら》いそうですが、了承《りょうしょう》されなかったらどうするんです？」

「大丈夫。エリアスは断らないよ」

確信した顔でディルクがにっこりと笑った。

翌日、ディルクに呼ばれてエリアスが奥の宮殿《きゅうでん》へやってきた。

ディルクの執務室《しつむ》へ足を踏《ふ》み入れたエリアスが、ユノに聞く。

「何のご用か、君は知っているか？」

なぜすぐそこにディルクがいるのにユノに聞くのか。胸騒《むなさわ》ぎがしているからか。

そんなエリアスに、ディルクが笑顔で言う。

「ヒューズ家のレイナを知っているか？」

「いいえ」

「恋人《こいびと》候補として、レイナにお前を紹介することになったからよろしく」

「はっ？」

「街でデートがしたいそうだ。日にちはいつでもいいが、なるべく早めがいいと言っていた。決めておいてくれ」

「はっ？」

「デートコースもお任せすると言っていたぞ」

「ちょっと待ってください。何を本人抜《ぬ》きで勝手に決めているんですか。僕は会いませんよ」

（やっぱり）

勝手に話を進められて明らかに怒《おこ》っている。

しかし、

「そんなことを言っていいのか？　レイナは手鏡の持ち主だ。お前が勝手に魔具《まぐ》部屋から持ち出して、勝手に災厄《さいやく》の壺に食わせて残骸《ざんがい》にしたあの手鏡のな。ユノが直してくれたからいいものの、レイナに償《つぐな》う義務があるんじゃないか？」

エリアスが言葉に詰《つ》まった。わかりにくいが苦悩《くのう》しているであろうその横顔を、ディルクが楽しそうに見つめる。

ハラハラするユノの前で、やがてエリアスが諦《あきら》めた顔で息を吐《は》いた。

「――わかりました。ただし一度だけです。二度会う気はありませんから」

「わかったわかった」

軽い反応のディルクに顔をしかめて、ユノに聞く。

「レイナとはどんな女だ？」

「えっと、綺麗な方ですよ。年は十九歳で、元気がよくて明るくて、ご家族と仲がいいです。一緒《いっしょ》にいるとこちらまで楽しい気分になります」

エリアスの頑《かたく》なな雰囲気《ふんいき》が少し緩《ゆる》んだ気がしたのに、ディルクが余計な口を挟《はさ》んだ。

「そして酒好きで男好きだ。駄目男にばかり引っかかっているそうだ」

「――よくそんな女を人に紹介しようと思いましたね」

「手鏡を壊《こわ》したのはお前だろう？」

エリアスがもう一度大きなため息を吐いて、呆《あき》れた顔でユノを見た。

「君の話と全く違《ちが》うが？」

「私の言ったことも本当です」

一緒にいると楽しい気分になれたのは本当だ。それに元気がよくて明るくて家族と仲がいいのも。

エリアスが呆れた口調で言う。

「君はもう少し客観的に人を見たほうがいい。人間、いい奴《やつ》ばかりじゃない。……まあ、だからこそ災厄の壺を浄化《じょうか》できたんだろうが」

ユノを見つめてかすかに微笑んだ。

「君はどこか父に似ている」

「クルーガ侯爵ですか。えっ、似ていますか？ ……いえ、光栄ですけど」

男性、しかも父親ほどの年齢《ねんれい》の人に似ていると言われるのはどうなのだ。さすがに考え込むと、

「見た目のことじゃない」

エリアスがもう一度微笑み、ディルクのほうを向いた。

「その女性と会うのは七日後の午後にします。伝えておいていただけますか？」

そしてユノに言った。

「君も一緒についてきてくれ」

「えっ？」

「おい、どうしてだ？」

と、異を唱えたのはディルクだ。エリアスがしれっと答える。

「ユノはレイナと仲がいいのでしょう？　ユノが間に入ってくれたら、僕も気が楽ですので」

「じゃあユノじゃなくていいだろう。ルーベンを貸してやる」

「嫌《いや》です。それに僕は手鏡の謝罪をしたいので、ユノと一緒のほうが諸々《もろもろ》の話が通じますから。――そうだろう、ユノ？　一緒にきてくれるな？」

真剣《しんけん》な顔で詰め寄られた。

あの素っ気ない態度のエリアスから頼《たの》みごとをされた。驚《おどろ》きだ。

しかしこれは以前キーラと約束した、一緒に街へいくいい機会ではないのか。

エリアスとレイナを二人きりにしないといけないから、ついていったとしてもユノは一人になるだろう。それならその間にディルクへの贈《おく》り物を選びたい。

「わかりました。一緒に参ります」

エリアスが満足げに頷《うなず》く横で、ディルクが不機嫌《ふきげん》そうに眉根《まゆね》を寄せた。

「ユノがいくなら俺もいく」

「ディルク殿下《でんか》はこられなくても結構ですよ」

「俺もいく」

ディルクがいたら内緒《ないしょ》の贈り物が買いづらい。だがそんなことは言えない雰囲気だ。

それにディルクと一緒に街を歩けるのは嬉《うれ》しい。

「ではキーラさんとルーベンさんも誘《さそ》っていいですか？　大勢のほうが楽しいですから」

笑顔でそう提案した。

街へいく日の午後はよく晴れていた。風も穏《おだ》やかで絶好の日和《ひより》である。

「――やけに人数が多くありませんか？」

派手に着飾《きかざ》って現れたレイナが顔をしかめた。

それもそのはず、エリアスだけでなくユノとディルク、キーラにルーベン、そして護衛の騎士《きし》が二人と大所帯である。

「心配しなくても、俺たちはすぐに別行動を取るから。君はエリアスとずっと二人きりで楽しんでくるといい」

ディルクが「二人きり」を強調すると、レイナの顔が輝《かがや》いた。

「そういたします！　ではエリアス様、早速《さっそく》参りましょう。私、見たい劇があるんです。王都の女性たちの間で大流行の恋愛劇《れんあい》ですよ！」

デートコースはエリアスに任せると言っていたはずだが積極的である。

恋愛劇など露《つゆ》ほどの興味もない、むしろ苦手そうなエリアスがうんざりした顔をした。しかし手鏡の罪悪感があるのか、文句も言わず一緒に歩き出す。

「では、俺たちもいこうか」

ディルクが晴れ晴れとした顔で言った。

店が並ぶ大通りへ歩き出したところで、角の建物からこっそりとこちらの様子を窺《うかが》っている二人組に気がついた。

どちらも女性で、一人は頭にすっぽりとスカーフを、もう一人は目深《まぶか》に帽子《ぼうし》をかぶっている。変装しているつもりなのだろう。

(彼女たちは多分――)

思った通り二人組はユノたちには目もくれず、距離《きょり》を取ってエリアスとレイナの後をついていく。

「レイナの母と姉だね」

驚いて振《ふ》り向くと、ディルクが二人の後ろ姿を見つめていた。それに護衛の騎士たちも。

何てことはない、彼らはユノよりもずっと前から気づいていたのだ。

「お二人とも、レイナさんのことが心配でついてこられたんですね」

口ではきついことを言っていたが、レイナに幸せになってもらいたいと切に願っているのは彼女たちだろうから。

「皆《みな》さん、どうされたんですか？　早くいきましょう──！」

先を進んでいたルーベンの隣《となり》で、キーラが振り返って言った。


「すごい。お店がたくさん並んでいますね！」

ユノは街へ買い物にきたのは初めてだ。そのため、見るもの全《すべ》てがめずらしい。

早速、行列ができている店のケーキを買った。

ケーキといっても手のひらに載《の》るくらいの大きさで、スポンジ生地《きじ》の中にマーマレードとブルーベリージャム、そしてレモンクリームの三種類がそれぞれ入っている。

店主がいくつか箱に入れてくれた。

中にどれが入っているかわからない。ベンチに座り、ワクワクしながら薄紙《うすがみ》に包まれているそれをキーラと口に運んだ。

「これはマーマレードね。ほのかに酸味があって美味《おい》しい！」

「こっちのレモンクリームも甘くて美味しいです」

笑顔《えがお》でケーキをかじるユノを、ディルクがニコニコと見守る。

ルーベンが箱を覗《のぞ》き込んでキーラに聞いた。

「レモンクリームはあるか？　マーマレードとブルーベリージャムは苦手なのだ」

「見た目ではわかりませんよ」

「いや、レモンクリームでないと私は食わない」

ディルクが顔をしかめた。

「面倒《めんどう》くさいな」

「本当にルーベン様は……」

キーラが呆れた声を出し、見えるわけはないのだが中身を透《す》かすように薄紙ごと目の前に掲《かか》げた。

「これは……レモンクリームかな？　いや、マーマレード？　うーん、見ただけでは全くわからないですね。あっ、きっとこれがレモンクリームですよ」

「わからないのに適当に言っただろう。失礼な侍女《じじょ》だな。見た目でわからなくても、割って中を確認《かくにん》すればいいだろう」

「自分でされたらいいじゃありませんか」

素っ気なく言いながらも、キーラが備え付けのフォークで割っていく。

「まずは……マーマレードですね。次……はブルーベリージャム。残念でしたね」

ルーベンは悔《くや》しいのか、隣に座ってフォークをもらい自らケーキを割り始めた。

「これはマーマレードだな。……またマーマレードか。……これもマーマレード！　どうなっているんだ!?」

「私に言われても仕方ないでしょう。ルーベン様、失礼ですが運がないのでは？」

「何を言うか、私には神のご加護がついている。よし、これこそ——！」

渾身《こんしん》の力で割ったそれはブルーベリージャムだった。ルーベンがフォークを手にしたまま黙《だま》り込んだ。

その姿が寂《さび》しくて、ユノは慌《あわ》てて言った。

「すみません、最初に私が食べたものがレモンクリームだったので……」

「私が二個目に食べたのもレモンクリームでしたよ。ルーベン様、やっぱり運がないのでは？」

ルーベンが無言で立ち上がり、力なくケーキ店へ向かって歩いていく。ここまできたらどうしても食べたいらしい。

キーラもすぐにベンチから立ち上がった。

「仕方ないから私もついていくわ。ルーベン様、今日は本当に運がないようだから間違《まちが》って違うものを買っちゃうかもしれないじゃない」

「神に見放されたんじゃないか？」

ディルクが笑って、ユノの隣に腰《こし》を下ろした。

眩《まぶ》しいほどの日差しが降り注ぎ、緩《ゆる》やかな風が街を吹《ふ》き抜《ぬ》けていく。

並んで、通りを行きかう人たちを眺《なが》めていられるのは幸せだ。そんなことを思っていたら、ディルクがこちらに視線を向けた。

「やっぱり俺ももらっていい？」

先ほどはいらないと言ったケーキのことだ。

「もちろんです」

笑顔で箱を差し出すと、

「いや、そっちがいい」

ケーキを持ったままのユノの右手首を固定すると同時に、顔を寄せてきた。ユノの食べかけのケーキをパクリとかじる。

自分の顔が赤くなるのがわかった。

お行儀《ぎょうぎ》が悪いというより、これは恋人《こいびと》同士の特別な行為《こうい》だ。

「美味《うま》い」

ディルクがユノを見つめながら笑みを浮《う》かべた。そして箱の中から、新しいケーキを手に取った。

「ユノのケーキを食べてしまったから。はい、どうぞ」

笑顔で口元に差し出された。

これも恋人同士の特別な行為だ。しかも人前で。

「じっ、自分で食べられますから」

「何で？　美味いよ」

スポンジが唇《くちびる》に触《ふ》れた。このままだと終わりそうにない。

（……ええい）

恥《は》ずかしさを押し殺して、一口かじった。

「美味い？」

「……はい」

赤い顔で口を動かすユノに、ディルクが嬉《うれ》しそうに笑って指についたブルーベリージャムをぺろりと舐《な》めた。

「ユノ、ディルク様、お待たせしましたー！」

キーラたちが戻《もど》ってきたが、ルーベンの元気がない。

「もしかしてレモンクリームは売り切れだったんですか？」

さすがに可哀想《かわいそう》過ぎる。

「いや、あった、だが店内は女性客ばかりで居心地《いごこち》が悪い。しかも私に気がついた若い女性信徒から『司祭様は甘いものがお好きなんですね。可愛《かわい》い！』などと笑われる始末だ。

私の司祭としての威厳《いげん》が……」

「ルーベン様、やっぱり今日は運がないんですよ」

同情するキーラの前で、ルーベンが仏頂面《ぶっちょうづら》でケーキをかじった。しかし予想以上に美味しかったようだ。顔がほころんでいる。

ユノとキーラが噴《ふ》き出し、ディルクもやれやれというように笑いながら肩《かた》をすくめた。

色々な店を見ながらのんびりと歩いていたら、頭の真上にあった太陽がだんだん傾《かたむ》いてきた。

（そろそろディルクへの贈《おく》り物を買いたい）

「あのディルク、キーラさんといきたいお店があるんです。いいですか？」

「どこ？　俺たちも一緒《いっしょ》にいくよ」

「いえ、キーラさんと二人きりでいきたいんです」

内緒《ないしょ》にして驚《おどろ》かせたいのだ。

ディルクは不思議そうな顔をしていたけれど、ユノがはっきりと希望を口にするのはめずらしいからかすぐに頷《うなず》いた。

「わかった。でも何かあると危険だから、護衛の騎士《きし》たちはつけるよ」

ディルクたちと別れて、ユノはキーラと騎士二人と、王都で一番大きな男性用の装飾《そうしょく》品店に向かった。

帽子《ぼうし》や靴下《くつした》、シャツの替《か》え襟《えり》や飾《かざ》りボタン、それにネクタイや靴につけるブローチ、装飾ピンなどが並ぶ。

事前に何がいいか考えていたので、迷うことなくそれを手に取った。

キーラが目を見張った。

「えっ、それを贈るの⁉」

「いいかなと思ったんですが、変でしょうか？」

なめらかな肌触《はだざわ》りに、ディルクの目の色と同じ透き通るような青色。贈り物はこれしかないと思ったのだ。

「だってそれ——タイよ？」

「はい」

「ユノの首を絞《し》めて散々困らせてくれた、サウザン伯爵《はくしゃく》のものと同じタイよ？」

「そうです」

むしろあのタイを思い出して素敵《すてき》だと思ったのだが。

何とも言えない顔をするキーラに、ユノは力説した。

「同じシルク地なんです。金糸で細かい刺繍《ししゅう》が入っていて、ほら、手触《てざわ》りもすごくなめらかなんですよ」

「……ますますあのタイを思い出すわ」

「そうなんです！　素敵ですよね」

「まあ、ユノがいいならいいけど……ユノってたまに変わってるわよね」

ゴニョゴニョと語尾《ごび》を濁《にご》し、そして思い直したように笑顔で言った。

「ユノが選んだんだもの。ディルク様は喜んでくださるわ」

「はい！」

(気に入ってくれるといいな)

ユノは微笑《ほほえ》んで、そっと青いタイに触れた。

いい買い物ができたと装飾品店を出た。

馬車が待つところまで大通りを戻っていると、ばったりとレイナに会った。しかしレイナは一人だ。

「デートは終わったんですか？」

「終わりました。それと私、エリアス様に振《ふ》られました」

レイナが肩をすくめた。

「えっ？」

「悪いが君とは恋人になれない、とはっきり言われちゃいました」

(……レイナさんは大丈夫《だいじょうぶ》なの？)

心配したが、レイナの顔は意外にも晴れ晴れとしている。

「そういう予感はしていたんですよね。私、昔からいい男とは縁《えん》がないんです。駄目《だめ》男からは結構好かれるんですけど。でも今度こそ、見た目じゃなく中身が素敵な男性と幸せになる、とお祖母《ばあ》ちゃんに誓《ちか》いましたから。だから気持ちを切り替えて、中身がよくて私を好きになってくれる男性を探します」

どこか吹っ切れたような表情だ。

ユノは確信をこめて微笑んだ。

「そういう男性に、近いうちにきっと出会えますよ」

レイナが少し不思議そうな顔をして、それから笑顔で頭を下げた。

「今日はありがとうございました。ディルク殿下《でんか》方にもお礼をお伝えください」

そして顔をしかめて振り返り、

「ちょっとそこの二人！」

看板の陰《かげ》に隠《かく》れていたレイナの母と姉が、ビクッと肩を震《ふる》わせたのが見えた。ずっとついてきていたのだ。

二人がばつの悪そうな顔で渋々《しぶしぶ》出てくる。

「……気づいていたの？」

「当たり前でしょう。そんな大きな帽子と、ださいスカーフのかぶり方をしている人たちなんて他《ほか》にいないもの」

レイナがフンッと勢いよく息を吐《は》いて、そして小さな声で二人に告げた。

「駄目だったわ」

「知ってる。見ていたもの」

目を伏《ふ》せる姉の隣《となり》で、母が微笑んだ。

「帰りましょう。帰って今日はごちそうを食べましょう。お祝いよ。お父様も今日はお帰りが早いと言っていたから、家族皆《みな》で食卓《しょくたく》を囲めるわ」

「……私、振られたのよ。何でお祝いなのよ?」

「だって次にもっといい男性に出会えるということよ。それはお祝いでしかないわ」

ぽかんとするレイナに姉も笑う。

「そうね、シャンパンも開けよう。お祝いだから。レイナ好きでしょう? ほら、帰るわよ」

母と姉がさっさと歩いていく。

唖然《あぜん》とした顔で立ち尽《つ》くすレイナに、ユノは心から言った。

「いいご家族ですね」

「……そうでしょう?」

レイナがニヤリと笑った。そこへ、

「聖女様!」

息せき切って現れたのはサウザン伯爵である。

(間に合われたわ！)

「伯爵、きていただいてありがとうございます」

ホッとして頭を下げるユノに、サウザンが渋《しぶ》い顔でこぼす。

「七日後の午後に街にいます、と伝えられただけでしたので探しましたよ」

「申し訳ありません。きてくださるかどうかわからなかったので」

レイナが「いい人に出会いたい」と言った時、ユノの頭にまず浮《う》かんだのはエリアスではなくサウザンだった。

見た目はいまいちでも、自分の気持ちを押し殺してミシェルの幸せを願ったサウザンは、レイナの言った「見た目ではなく中身が素敵な人」そのものではないか。

キーラがユノの耳元で心配そうにささやく。

「伯爵を紹介《しょうかい》する気だったの？　でもレイナさんは面食いだと聞いたわ。それに伯爵もレイナさんのような気の強い女性は好みではないんじゃ……」

わかっている。

だからディルクがエリアスを紹介するとなった時、口に出せなかった。

それでレイナが幸せになるならよかったが、そうならなかった今、やはりユノが感じたことは合っているのではないかと思う。

（レイナさんと伯爵は相性《あいしょう》がいいはずよ。だって――）

ユノは紹介した。

「伯爵、こちらはヒューズ家の三女レイナさんです。レイナさん、こちらはサウザン伯爵です」

呼び出された理由がわかったようで、サウザンが苦笑《くしょう》した。

「聖女様、お気持ちはありがたいですが――」

自分の見た目はよくわかっている。お見合いならともかくこんな第一印象ありきの場で、レイナのような今時の女性が自分を気に入るはずがない。

最後まで口にしなくても、サウザンの顔がそう語っていた。

キーラも同じ考えのようで、ハラハラした顔でユノを見ている。

（普通《ふつう》に考えたらそうかもしれないけど）

ユノは二人の見た目と異なる中身と、二人を大切に思う魔具《まぐ》を知っている。

「サウザン伯爵……？」

レイナが驚《おどろ》いたように口を大きく開けた。

「ええーっ！　サウザン伯爵って、街で噂《うわさ》のあのサウザン伯爵ですよね⁉」

「……噂？」

意味がわからないと言いたげなサウザンに、レイナが興奮した声で言う。

「街の女性たちの間で、ですよ！　私はお母様の友人伝えで聞いたんですけど、愛する婚《こん》約《やく》者《しや》の幸せを願って身を引かれたんですよね。なかなかできることじゃありません！　そんな素《す》敵《てき》な方がいるならぜひ会ってみたいと思っていたんですが、私のような男運の悪い女は一生縁がないだろうなとあきらめていたんです。それなのに、ええーっ、すごい！　お会いできましたよ！」

満面の笑みで大きく万歳《ばんざい》をする。

その元気な様子にサウザンは呆気《あつけ》に取られていたが、やがてつられたように楽しげに笑い出した。

「そんな噂があるなんて知りませんでした。私はただの振られた男ですが」

「いえいえ、素晴らしい方だと街中で噂です！　もっと自信を持たれていいと思いますよ！」

「そうですか……どうもありがとう」

サウザンが微笑み、レイナも嬉《うれ》しそうに笑う。

いい感じだ。

予想外の展開に、キーラが信じられないという顔をした。

「嘘《うそ》でしょう。まさか、お二人がこれほどいい感じになるなんて……ユノはこうなるとわかっていて伯爵《はくしやく》をお呼びしたの？」

「はい。お二人の魔具がどこか似ていたので」

とても合うとは思えない二人。最初はユノもそう思った。

けれどタイと手鏡は似ているのだ。

手触《てざわ》りのよさもそうだけれど、何より魔具が自身より他者を大切にするところが。

タイは自分の思いがユノに伝わったら、サウザンの傍《そば》にいたいという願いが叶《かな》わないことは知っていた。

それでもサウザンのためにユノに伝えることを選んだ。

手鏡もそうだ。エリアスによって壺《つぼ》に投げられた時、動いて抵抗《ていこう》しなかった。

自分のレイナを見守りたいという気持ちより、壺がエリアスを思う気持ちを大事にしたのではないか。

そうであるなら、双方《そうほう》の持ち主の相性もいいはずだ。

「魔具がねえ。ユノにしかわからないことね」

キーラが感心したように笑った。

街の空が赤くなりつつある。

話が弾《はず》んでいる二人と別れてキーラと騎士《きし》たちと歩いていると、

「ユノ、あれエリアス様じゃない？」

今度は通りの向こうにいたエリアスを見つけた。数人の女性に囲まれている。けれどエリアスが本意ではないことは、うんざりした表情から容易にわかった。

ユノたちに気づいたエリアスが、これ幸いとばかりに輪を抜《ぬ》けて早足で近づいてきた。

「レイナに手鏡のことを謝罪した。壺のことを言うと怖《こわ》がらせてしまうので、僕のせいで一度バラバラに割れてそれをユノが直したと。見た目が元通りなので、いまいち意味がわかっていないようだったが」

それはそうだろう。

けれど大事なのはそこではない。

「君には色々と世話になった。感謝している」

「そんな……皆《みな》さんがいてくれたからです」

エリアスがフッと笑った。綺麗《きれい》な笑顔《えがお》だ。

囲んでいた女性たちの驚いた声が聞こえた。

「エリアス様が笑われたわよ!?」

「初めて見たわ……それより、ご自分から女性に話しかけられるのも初めてよね？」

エリアスが続ける。

「父も感謝していた。それに国王陛下も君のおかげだと喜んでおられた。また礼を言いたいとおっしゃっていたよ」

「畏《おそ》れ多いことです」

「それと——ディルク殿下《でんか》にも礼を言っておいてくれ」

渋々《しぶしぶ》というより、とても嫌《いや》そうな感じで口にした。ユノはおかしくて笑いそうになった。

「婚約するんだろう？　婚約式がもうすぐだと聞いた。おめでとう」

「ありがとうございます」

笑顔で礼を言うと、エリアスがかすかに寂《さび》しそうに微笑《ほほえ》んだ。

「実は陛下に頼《たの》んだんだ。感謝の気持ちをこめて、できればこれからも君の手伝いをしたいと」

「本当ですか？」

「ああ。陛下はいいとおっしゃってくれた。君はどうだ？」

切れ長の目が不安げに揺《ゆ》れる。笑った顔もめずらしいが、こういう不安そうな顔を向けられるのは初めてだ。

けれどエリアスが手伝ってくれるなら心強い。

「もちろんです。よろしくお願いいたします」

エリアスがホッとしたように息を吐《は》いた。そして、おもむろにユノの手を取った。

何だろうと戸惑《とまど》ったが、それ以上に驚いた顔でユノたちに注目するのは女性たちと、そしてキーラだ。

「これからもよろしく、聖女様」

腰《こし》をかがめたエリアスが、ユノの手の甲《こう》にそっと口づけた。

(これは挨拶《あいさつ》の一環《いっかん》よね……？)

驚《おどろ》きに声を失うユノに、女性たちの叫《さけ》び声がする。

「ちょっと、エリアス様がキスをされたわよ！」

「お相手は聖女様でしょう？　どういうことなの⁉」

騒《さわ》ぎの中、エリアスが手を離した。

「また魔具《まぐ》部屋で会おう」

微笑んで去っていく。

呆気に取られるユノの後ろで、キーラがつぶやいた。

「ディルク様がこの場におられなくてよかったわ」


婚約式の日がやってきた。

ユノはキーラと一緒《いっしょ》に選んだ、淡《あわ》いピンクに何層もの白のレースが重なったドレスで挑《いど》んだ。髪《かみ》には同じ二色の花を挿《さ》してある。

ディルクが内輪で行うと言った通り、大聖堂の長椅子《ながいす》に座る参列者はお互《たが》いの身内だけだ。

　といってもディルクのほうは国王と正妃《せいひ》、それに兄である第一王子と第二王子が笑顔で座っているが、ユノのほうは誰《だれ》もいない。

　そのことをどう思われるか心配だったが、事前にディルクが上手《うま》く説明してくれたようで、彼らが特に気にしている様子は見受けられなかった。

　何より大司祭の手伝いとして祭壇《さいだん》の後方にルーベンが控《ひか》え、壁際《かべぎわ》ではキーラが見守ってくれている。安心感が違《ちが》う。

　ユノはディルクと、大司祭がいる祭壇の前に並んで立った。

　さすがに緊張《きんちょう》したけれど、

「そのドレス、とてもよく似合っているよ」

とディルクに小声で微笑まれたので、こわばっていた肩《かた》から力が抜けた。

　大聖堂が発行する婚約《こんやく》の誓《ちか》いの書に、二人で順番にサインをする。

　ディルクがユノの肩に手を添《そ》えて、そっと頬《ほお》にキスをした。

　サインの後に、男性から女性の頬へ誓いのキス。これで婚約式は終了《しゅうりょう》である。

「二人ともおめでとう！」

「おめでとう、ユノ、ディルク様！」

　参列者やキーラからのお祝いの言葉に、ユノは壇上《だんじょう》で笑みを浮《う》かべた。

　ディルクと正式に婚約できた。これほど幸せなことはない。

隣《となり》に立つディルクを見上げると、不意にディルクが微笑んだ。

あざやかな青色の目に、このおめでたい場にはふさわしくない色がチラリと見えた。

戸惑うユノの腰と膝裏《ひざうら》に、ディルクが手を添える。そして勢いよく抱《だ》き上げた。

（えっ、どうして？）

壇上で突然《とつぜん》お姫様《ひめさま》抱っこをされて困惑《こんわく》しかない。通常の式にはない行動である。

「ユノ、右手を出して」

そのままの体勢でとてもいい笑顔をするディルクに、わからないながらも右手のひらを上にして差し出すと、

「違う。逆だよ」

（手の甲が上ということ？）

ディルクの頭が近づき、右手の甲にしっかりとキスをされた。

（なぜこんなことを？）

面食《めんく》らうユノの前で、仲睦《なかむつ》まじい姿に参列者たちが笑顔で拍手《はくしゅ》する。

「いやあ、仲がよくて何よりだな」

「本当ですねえ」

そんな中、壁際でキーラがつぶやいた。

「ああ、街でのエリアス様の行動に張り合っておられるわ……」

【エピローグ】

婚約式を終えて大聖堂を出たところで、ルーベンに呼び止められた。

「おめでとう、ユノ。とてもいい式だった」

「ありがとうございます」

「最後はなぜか通常のものとは違ったが」

「……そうですね」

当のディルクは石段のところで、兄たちと笑顔で話をしている。楽しそうだ。

微笑んで眺《なが》めていると、

「そういえば先日、礼拝にサウザン伯爵《はくしゃく》がこられた」

「それはよかったです」

ルーベンが信心の大切さを切々と説いたおかげかもしれない。

「それで伯爵と一緒にレイナもきていた」

「本当ですか!?」

「ああ。一緒にくる約束をしていたと言っていたな。聖堂でもずっと隣《とな》り合って座っていて、仲がよさそうだった」

嬉《うれ》しい驚きだ。

(思った通り、二人の相性《あいしょう》はいいんだわ)

レイナの元気さはサウザンを楽しい気持ちにさせてくれるだろうし、サウザンの心の綺《き》
麗《れい》さはレイナを幸せにしてくれるはずだ。

「レイナさんのご家族も喜んでいるでしょうね」

それにタイと手鏡も——。

「そうだな」

ルーベンが微笑んで頷《うなず》いた。

「それで先ほどの婚約式の最後だが、ディルク様はなぜあんなことをされたのだ？」

「さあ？」

ユノが聞きたい。

「まあ、あの方の考えていることは心の清らかな私たちにはわかるはずもないな」

言いたい放題だ。

「おめでとう、ユノ。幸せに」

「ありがとうございます」

ユノは笑顔で、どこまでも青く澄《す》み渡《わた》る空を見上げた。

「これをディルクに贈《おく》りたいと思って」

その夜、ユノは居間でリボンのかかった箱を差し出した。

銀の燭台《しょくだい》に灯《とも》る火が、二人を温かく照らし出す。

「綺麗な色のタイだね。俺の目の色と同じだ」

箱を開けたディルクが笑って言った。気づいてくれたのだ。

「首に巻いてくれる？」

「もちろんです」

そこで不思議に思った。

（あれ？　婚約式の時はピンク色のタイを巻いていたはずなのに）

ユノのドレスの色と合っていて、しかもディルクによく似合っていた。

それが今は外してある。他《ほか》は、式の時の服装そのままなのになぜか。

首を傾《かし》げて見上げると、ディルクがニコニコと笑っていた。その笑顔《えがお》にピンときた。

「私がタイを贈ると知っていたんですね？」

だから、あらかじめタイだけ外しておいたのだ。

ディルクの視線がかすかに泳いだ。

「……街でユノたちにつけた護衛の騎士《きし》から聞いたんだ」

「聞き出したんでしょう？」

あの騎士は口が堅《かた》かった。以前ユノがディルクについて聞いた時も、余計なことは一切《いっさい》答えなかった。

めずらしく問い詰《つ》めてくるユノに、ディルクは思いの外うろたえたようだ。

「キーラと二人でどこへいったのか気になって。後から、そこにエリアスもいて一緒《いっしょ》に話をしていたと聞いたから……」

「エリアス様だけでなく、レイナさんともばったりお会いしてお話をしました」

「だけど手の甲《こう》にキスされたとも聞いた」

少し口を尖《とが》らせているが、どんどん元気がなくなっていくようだ。

(だから婚約式の時に同じことをしたんだわ)

というか強化させて。ようやく理解できた。

エリアスに嫉妬《しっと》していたのか。呆《あき》れながらも胸の内がくすぐったくなった。

「あれはこれからも魔具《まぐ》の浄化《じょうか》を手伝ってくださることになったので、よろしくという意味ですよ。ただの挨拶《あいさつ》です」

「挨拶……にはやり過ぎだろう」

悔《くや》しい気持ちはあるのだろうが、ユノが怒《おこ》っているのかと思っているのかやはり力なく見つめてくる。

機嫌《きげん》すら伺《うかが》うようなその態度に何だかいたたまれなくなってきて、

「怒っていません。それに私がこのタイを贈りたいと思ったのはディルクで、ずっと一緒にいたいと思っているのもディルクです」

恥《は》ずかしいながらもきちんと本心を口にすると、ディルクが目を見張った。

「そうか」

と、嬉しそうに笑う。

「そうですよ。じゃあ今度こそタイを巻きますね——わっ！」

突然抱き上げられ、膝の上に乗せられた。密着度合いが高くて驚《おどろ》くが、ディルクは元気を取り戻《もど》したようだ。

(顔が近いわ……)

頬《ほお》を赤くしてそれでも丁寧《ていねい》にタイを巻いていくユノを、ディルクが幸せそうに見つめる。

一度も外されない視線にさらされながら、ようやくタイを巻き終えた。

「よくお似合いです」

「ありがとう」

ディルクは笑っていたが、不意に真剣《しんけん》な顔をした。

「二度とユノを放さないから」

クルーガ邸《てい》でのことを言っているのだろう。
はい、と笑って頷くと、強い力で背中を引き寄せられた。
「結婚式《けっこんしき》の時は最高のものを贈るから」
頭の上から降ってきた突然《とつぜん》のプロポーズに驚いたけれど、
「はい」
と、また笑って頷いた。
この人と一緒にいよう。
子どもの頃《ころ》から大好きだったこの人と、ずっと一緒に——。
ディルクの体が離れ、代わりに左手がユノの後頭部に伸《の》びてきた。
ゆっくりと唇《くちびる》にキスをされる。
応《こた》えるように、そっと目を閉じた。

あとがき

こんにちは！　新山《にいやま》サホです。

このたびは本作をお手に取っていただき、誠にありがとうございます。

一巻からだいぶ時間が経ちましたが、いかがだったでしょうか。

今回は新キャラであるエリアスを交えて、ユノとディルクが力を合わせて最恐の魔具《まぐ》に立ち向かいます。

そしてユノが強いです！　どういう意味かは読んでいただければと思うのですが、一巻で不遇《ふぐう》な環境《かんきょう》からディルクや魔具の助けを借りて本当の自分を取《と》り戻《もど》しました。

本来は芯《しん》が強い性格なので、迷いがなくなった今はたとえ困難に直面しても自分とディルクと、そして魔具のために強くいられるのだなと思います。

優しくて強いなんて最強だねー、そりゃディルクも惚《ほ》れるねーなどと思いながら書かせていただきました。

そして私事で恐縮《きょうしゅく》ですが、数か月前に入院しまして。

入院期間はそれほど長くなかったのですが、全身麻酔《ますい》で手術いたしました。

全身麻酔なんて生まれて初めてです。

事前に、麻酔で眠《ねむ》ったら呼吸用のチューブを口から肺へ通すと教えてもらっていたので、意識が戻った時にそのチューブが入ったままだったら喉《のど》が苦しいんじゃないか、激しくえずいてしまうんじゃないか!? と非常に心配しました（それよりも手術自体の心配をしろという話ですが）。

結果、意識が戻った時は頭がもうろうとしていて、チューブが入ったままだったのかどうか全く覚えていません……。

今はもう元気なのですが、健康は大事だなと痛感いたしました。

皆様《みなさま》もどうぞご自愛ください。

最後になりましたが、本作を読んでいただき心から感謝いたします。

少しでも面白いと思っていただけたらこれほど嬉《うれ》しいことはありません。

本当にありがとうございました。

新山サホ

BEANS BUNKO

「魔力がないと勘当されましたが、王宮で聖女はじめます2」の感想をお寄せください。
おたよりのあて先
〒102-8177　東京都千代田区富士見2-13-3
株式会社KADOKAWA　角川ビーンズ文庫編集部気付
「新山サホ」先生・「凪かすみ」先生
また、編集部へのご意見ご希望は、同じ住所で「ビーンズ文庫編集部」
までお寄せください。

魔力《まりょく》がないと勘当《かんどう》されましたが、王宮《おうきゅう》で聖女《せいじょ》はじめます2

新山《にいやま》サホ

角川ビーンズ文庫　24123

令和7年4月1日　初版発行

発行者―――山下直久
発　行―――株式会社KADOKAWA
〒102-8177　東京都千代田区富士見2-13-3
電話 0570-002-301（ナビダイヤル）
印刷所―――株式会社暁印刷
製本所―――本間製本株式会社
装幀者―――micro fish

●お問い合わせ
https://www.kadokawa.co.jp/（「お問い合わせ」へお進みください）
※内容によっては、お答えできない場合があります。
※サポートは日本国内のみとさせていただきます。
※Japanese text only

ISBN978-4-04-114579-1 C0193 定価はカバーに表示してあります。　◇◇◇